ILS ÉTAIENT DIX

Paru au Livre de Poche :

A.B.C. contre Poirot
À l'hôtel Bertram
L'Affaire Protheroe
Allô, Hercule Poirot...
Associés contre le crime
Le Bal de la victoire
Black Coffee
Cartes sur table
Le Chat et les pigeons
Le Cheval à bascule
Le Cheval pâle
Christmas Pudding
Cinq heures vingt-cinq
Cinq petits cochons
Le club du mardi continue
Le Couteau sur la nuque
Le Crime de l'Orient-Express
Le Crime d'Halloween
Le Crime du golf
Le crime est notre affaire
La Dernière Énigme
Destination inconnue
Dix brèves rencontres
Drame en trois actes
Les Enquêtes d'Hercule Poirot
Le Flambeau
Le Flux et le reflux
L'Heure zéro
L'Homme au complet marron
Ils étaient dix
Les Indiscrétions d'Hercule Poirot
Je ne suis pas coupable
Jeux de glaces
La Maison biscornue
La Maison du péril
Le major parlait trop
Marple, Poirot, Pyne et les autres
Meurtre au champagne
Le Meurtre de Roger Ackroyd
Meurtre en Mésopotamie
Le Miroir du mort
Le miroir se brisa
Miss Marple au club du mardi
Mon petit doigt m'a dit
La Mort dans les nuages
La mort n'est pas une fin
Mort sur le Nil
Mr Brown
Mr Quinn en voyage
Mrs McGinty est morte
Le Mystère de Listerdale
La Mystérieuse Affaire de Styles
Le Mystérieux Mr Quinn
N. ou M. ?
Némésis
Le Noël d'Hercule Poirot
La nuit qui ne finit pas
Parker Pyne enquête
Passager pour Francfort
Les Pendules
Pension Vanilos
La Plume empoisonnée
Poirot joue le jeu
Poirot quitte la scène
Poirot résout trois énigmes
Pourquoi pas Evans ?
Les Quatre
Rendez-vous à Bagdad
Rendez-vous avec la mort
Le Secret de Chimneys
Les Sept Cadrans
Tant que brillera le jour
Témoin à charge
Témoin indésirable
Témoin muet
Le Train de 16 h 50
Le Train bleu
Les Travaux d'Hercule
Trois souris...
La Troisième Fille
Un cadavre dans la bibliothèque
Un meurtre est-il facile ?
Un meurtre sera commis le...
Un, deux, trois...
Une autobiographie
Une mémoire d'éléphant
Une poignée de seigle
Les Vacances d'Hercule Poirot
Le Vallon

AGATHA CHRISTIE

Ils étaient dix

TRADUCTION RÉVISÉE DE GÉRARD DE CHERGÉ

ÉDITIONS DU MASQUE

Titre original :

AND THEN THERE WERE NONE

Publié par HarperCollinsPublishers.

Ils étaient dix est le nouveau titre du roman *Dix petits nègres*. La traduction a été révisée en suivant les dernières mises à jour de la version originale bien que l'histoire en elle-même ne change pas. Aux États-Unis, le roman est connu sous le nom de *And Then There Were None* depuis sa première parution. Au Royaume-Uni, ce titre est utilisé depuis 1985. Le Masque a opéré ces changements éditoriaux à la demande d'Agatha Christie Limited de manière à s'aligner sur les éditions anglaises, américaines et sur les autres traductions internationales.

ISBN : 978-2-253-24178-2 – 1re publication LGF

À Carlo et Mary
Ce livre est le leur,
je le leur dédie avec toute mon affection.

J'avais écrit ce livre comme une gageure, et ce pour l'excellente raison que l'effarante difficulté de sa conception me fascinait. Dix personnages devaient mourir sans que cela devienne ridicule ni que l'identité du meurtrier soit trop évidente. Je passai à la rédaction après un énorme travail de préparation et je fus satisfaite du résultat. C'était clair, honnête, déroutant et pourtant il y avait une explication parfaitement raisonnable. Cependant, il y fallait l'adjonction d'un épilogue afin d'expliquer ce qui s'était passé. Le roman connut la faveur du public, mais la personne la plus heureuse fut moi-même, car je savais mieux que n'importe quel critique toutes les difficultés que j'avais surmontées.

Agatha CHRISTIE

Chapitre 1

I

Dans le coin fenêtre d'un compartiment fumeurs de première classe, le juge Wargrave, retraité depuis peu, tirait sur son cigare en parcourant avec intérêt les pages politiques du *Times*.

Posant son journal, il regarda par la vitre. Ils traversaient maintenant le Somerset. Il jeta un coup d'œil sur sa montre : encore deux heures de voyage.

Il passa mentalement en revue tout ce qui avait paru dans la presse au sujet de l'île du Soldat.

Il y avait d'abord eu la nouvelle de son achat par un milliardaire américain fanatique de yachting, assortie d'une description de la luxueuse demeure moderne qu'il faisait construire sur cet îlot au large du Devon. Le fait malencontreux que la toute récente troisième épouse dudit milliardaire n'eût pas le pied marin avait entraîné la mise en vente de l'île et de la maison. Des petites annonces dithyrambiques avaient alors été insérées dans les journaux. Jusqu'à la publication d'un sobre communiqué révélant qu'elle avait été rachetée par un certain M. O'Nyme. À partir de là, les rumeurs des échotiers s'étaient donné libre cours. L'île du Soldat avait été acquise en réalité par Mlle Gabrielle Turl, la star hollywoodienne ! L'actrice rêvait d'y passer quelques mois à l'abri de toute publicité ! *La Commère* laissait entendre avec tact que la famille royale comptait y établir sa résidence d'été ? ? ! *M. Merryweather* s'était laissé dire en confidence que l'île avait été achetée pour une lune de miel : le jeune lord L. avait enfin succombé aux flèches de Cupidon ! *Jonas* savait de source *sûre* que l'Amirauté l'avait acquise en vue d'y procéder à des expériences ultrasecrètes !

Assurément, l'île du Soldat faisait couler de l'encre !

Le juge Wargrave sortit une lettre de sa poche. L'écriture en était indéchiffrable, mais quelques mots ressortaient çà et là avec une clarté inattendue : *Très cher Lawrence... sans nouvelles de vous depuis tant d'années... absolument venir à l'île du Soldat... un cadre enchanteur... tant de choses à nous raconter... bon vieux temps... communion avec la Nature... rôtir au soleil... départ de Paddington à 12 h 40... vous ferai prendre à Oakbridge...* Et sa correspondante concluait : *Bien à vous*, suivi d'un *Constance Culmington* agrémenté d'un paraphe.

Le juge Wargrave tenta de se rappeler depuis combien de temps il n'avait pas vu lady Constance Culmington. Cela devait faire sept... non, huit ans. À l'époque, elle partait pour l'Italie afin de rôtir au soleil et de communier avec la Nature et les *contadini.* Plus tard, il avait entendu dire qu'elle avait continué sa route jusqu'en Syrie, où elle se proposait de rôtir sous un soleil encore plus ardent et de vivre en harmonie avec la Nature et les bédouins.

Constance Culmington, se dit-il, était tout à fait le genre de femme à acheter une île et à s'entourer de mystère ! Approuvant d'un léger hochement de tête la logique de sa réflexion, le juge Wargrave se mit à dodeliner du chef...

Et s'endormit...

II

Dans le compartiment de troisième classe qu'elle partageait avec cinq autres voyageurs, Vera Claythorne appuya sa tête contre le dossier et ferma les yeux. Qu'est-ce qu'il faisait chaud dans ce train ! Elle serait bien contente d'arriver au bord de la mer ! Une véritable aubaine d'avoir décroché ce job... Quand on cherchait un emploi pour l'été, on se retrouvait neuf fois sur dix à surveiller une ribambelle de gamins ; dénicher un poste de secrétaire pour la période des vacances était beaucoup plus compliqué. Même à l'agence, on ne lui avait guère laissé d'espoir.

Et puis la lettre était arrivée.

L'Agence de la Professionnelle Qualifiée m'a communiqué votre nom et vous a recommandée à moi. Si j'ai bien compris, ils vous connaissent personnellement. Je vous verserai volontiers le salaire que vous demandez, étant entendu que vous entrerez en fonction le 8 août. Le train part de Paddington à 12 h 40 et on vous attendra à la gare d'Oakbridge. Ci-joint cinq billets d'une livre pour vos frais.

Meilleurs sentiments,

Alvina Nancy O'Nyme

L'adresse figurait en haut : *île du Soldat, Sticklehaven, Devon...*

L'île du Soldat ! Mais les journaux n'avaient parlé que de ça, dernièrement ! Toutes sortes de bruits et de ragots fascinants circulaient sur elle. Sans doute faux, pour la plupart. Une chose était sûre : la maison avait été construite par un milliardaire et était, paraît-il, le fin du fin en matière de luxe.

Fatiguée par un trimestre scolaire éprouvant, Vera Claythorne pensa : « Professeur de gymnastique dans une école de troisième zone, ce n'est pas la gloire... Si seulement je pouvais me faire embaucher dans un établissement *correct* ! »

Puis, avec un petit froid au cœur : « Mais j'ai déjà eu de la chance de trouver cet emploi. Après tout, une enquête judiciaire, ça fait toujours mauvais effet, même si le coroner a prononcé un non-lieu en ma faveur ! »

Il l'avait même félicitée pour sa présence d'esprit et son courage. Vu les circonstances, ça n'aurait pas pu se passer mieux. Et Mme Hamilton avait été la bonté même. Seul Hugo... *mais elle ne voulait pas penser à Hugo !*

Soudain, malgré la chaleur du compartiment, elle

frissonna et se prit à regretter d'aller à la mer. Une image distincte s'imposa à son esprit : *Cyril qui nageait vers le rocher, sa tête tressautant de haut en bas comme un bouchon...* De haut en bas – de haut en bas… Et elle qui nageait pour le rattraper, qui fendait l'eau à grandes brasses maîtrisées, sachant pertinemment qu'elle n'arriverait pas à temps…

La mer… d'un bleu chaud et profond… les matinées passées à lézarder sur la plage… Hugo… Hugo qui lui avait dit qu'il l'aimait…

Elle ne devait *pas* penser à Hugo.

Elle rouvrit les yeux et, sourcils froncés, regarda l'homme assis en face d'elle. Un grand type au visage boucané, aux yeux clairs assez rapprochés, à la bouche arrogante, presque cruelle.

Elle songea :

« Je parie qu'il a roulé sa bosse dans des contrées intéressantes et qu'il y a vu des choses non moins intéressantes… »

III

Philip Lombard, jaugeant d'un rapide coup d'œil la jeune femme qui lui faisait face, pensa à part lui :

« Plutôt séduisante… un rien maîtresse d'école, peut-être. »

Une fille qui n'avait pas froid aux yeux, de toute évidence – et qui était capable de se défendre, en amour comme à la guerre. Ça pourrait être amusant de se mesurer avec elle…

Il se rembrunit. Non, bas les pattes ! Là, c'était du sérieux. Il lui fallait se concentrer sur le job.

« Quel était le topo, exactement ? » se demanda-t-il. Ce petit bonhomme s'était montré sacrément mystérieux.

— À prendre ou à laisser, capitaine Lombard.

Pensif, il avait murmuré :

— Cent guinées, hmm ?

Il avait dit ça d'un ton dégagé, comme si cent guinées ne représentaient rien pour lui. *Cent guinées*, alors qu'il n'avait littéralement plus de quoi faire un repas digne de ce nom ! Mais il avait bien senti que l'autre n'était pas dupe ; c'était ça l'embêtant avec lui, on ne pouvait pas l'embobiner quand il s'agissait d'argent : il *savait* !

Du même ton désinvolte, il avait demandé :

— Et vous ne pouvez pas m'en dire davantage ?

M. Isaac Morris, très déterminé, avait secoué sa petite tête chauve :

— Non, capitaine Lombard, nous en resterons là. Mon client croit savoir que vous avez la réputation d'être un homme de ressources dans les situations hasardeuses. Il m'a chargé de vous remettre cent guinées, en échange de quoi vous partirez pour Sticklehaven, dans le Devon. La gare la plus proche est Oakbridge, on viendra vous y chercher pour vous conduire à Sticklehaven, d'où un bateau à moteur vous emmènera sur l'île du Soldat. Là, vous vous tiendrez à la disposition de mon client.

— Pour combien de temps ? avait interrogé Lombard avec brusquerie.

— Une semaine au maximum.

Tout en lissant sa petite moustache, le capitaine Lombard avait dit :

— Il est bien entendu qu'on ne me demandera rien... d'illégal ?

En prononçant ces mots, il avait jeté un regard aigu à son interlocuteur. L'ombre d'un sourire avait effleuré les lèvres de M. Morris tandis qu'il répondait gravement :

— Si on vous propose quoi que ce soit d'illégal, il va de soi que vous serez libre de vous retirer.

Il avait souri, le maudit faux-jeton ! Comme s'il savait très bien que, dans les activités passées de Lombard, la légalité n'avait pas toujours été une condition *sine qua non*...

Lombard, à son tour, esquissa un rictus.

Bon Dieu, il avait frôlé de près la ligne jaune, en plusieurs occasions ! Mais il s'en était toujours tiré ! À vrai dire, il ne se laissait pas arrêter par grand-chose...

Non, il ne se laissait pas arrêter par grand-chose. Il eut le sentiment qu'il allait bien s'amuser sur l'île du Soldat...

IV

Assise bien droite comme à son habitude, Mlle Emily Brent était installée dans un compartiment non-fumeurs. Elle avait soixante-cinq ans et désapprouvait le laisser-aller. Son père, colonel de la vieille école, avait toujours été très strict sur le chapitre du maintien.

La jeune génération était scandaleusement relâchée – dans sa façon de se tenir *comme dans bien d'autres domaines...*

Auréolée de rigorisme et de principes inébranlables, Mlle Brent endurait stoïquement l'inconfort et la chaleur de son compartiment de troisième classe surpeuplé. Les gens faisaient tellement d'histoires pour des riens, de nos jours ! Ils exigeaient une piqûre avant de se faire arracher une dent... Ils prenaient des somnifères quand ils n'arrivaient pas à dormir... Il leur fallait des fauteuils rembourrés par-ci, des coussins par-là – et les jeunes filles se vautraient sans vergogne et s'exhibaient à moitié nues sur les plages en été.

Mlle Brent pinça les lèvres. Elle en aurait volontiers puni quelques-unes pour l'exemple.

Elle se remémora ses vacances de l'année précédente. Cet été, heureusement, ce serait bien différent. L'île du Soldat...

En pensée, elle relut la lettre qu'elle avait déjà lue tant de fois.

Chère mademoiselle Brent,

Vous vous souvenez de moi, j'espère ? Nous avons séjourné ensemble à la pension Belhaven il y a quelques années, au mois d'août, et nous avions beaucoup sympathisé.

J'ouvre à mon tour une pension de famille sur une

île, au large de la côte du Devon. J'estime qu'il y a vraiment de l'avenir pour un établissement où l'on propose de la bonne cuisine toute simple et où l'on reçoit une clientèle aux saines valeurs traditionnelles. Pas d'exhibitionnisme éhonté ni de gramophone la moitié de la nuit ! Je serais très heureuse si vous veniez passer vos vacances d'été sur l'île du Soldat – à titre gratuit : vous seriez mon invitée. Le début août vous conviendrait-il ? Le 8, par exemple.

Avec mon meilleur souvenir,

Alvina Nancy O'N…

Quel était donc ce nom ? La signature était bien difficile à déchiffrer. « Tous ces gens qui signent de manière illisible… ! » pensa Emily Brent, agacée.

Elle passa mentalement en revue les habitués du Belhaven. Elle y était allée deux étés de suite. Elle se souvenait d'une femme charmante, entre deux âges… Mlle… Mlle… comment s'appelait-elle, déjà ? Son père était chanoine. Elle se souvenait également d'une Mme O'Neary… O'Norry… non, *O'Neal* ! Oui, c'était bien cela : O'Neal.

L'île du Soldat ! Elle avait lu des articles sur l'île du Soldat – on y parlait d'une star de cinéma – ou d'un milliardaire américain, elle ne savait plus au juste.

Bien sûr, ces endroits-là se vendaient souvent pour une bouchée de pain : une île, cela ne plaisait pas à tout le monde. On trouvait l'idée romanesque au début, mais quand il s'agissait d'y vivre, on en mesurait les inconvénients et on n'était que trop heureux de parvenir à vendre.

« Quoi qu'il en soit, cela me fera toujours des vacances gratuites », pensa Emily Brent.

Avec ses revenus qui diminuaient et tous les dividendes qu'on ne lui payait pas, c'était un élément à prendre en considération. Si seulement elle arrivait à se rappeler plus précisément cette Mme – ou Mlle ? – O'Neal !

V

Le général Macarthur regarda par la vitre de son compartiment. Le train entrait en gare d'Exeter, où il devait changer. Quelle plaie, ces tortillards des lignes secondaires ! À vol d'oiseau, l'île du Soldat n'était pourtant pas loin.

Il n'avait pas très bien saisi qui était cet O'Nyme. Un ami de Spoof Leggard, apparemment – et de Johnnie Dyer.

« *Quelques-uns de vos anciens camarades seront là… auraient plaisir à bavarder du bon vieux temps.* »

Lui aussi, il aurait plaisir à bavarder du bon vieux temps. Depuis un moment, il avait l'impression que ses copains lui battaient froid. Tout ça à cause de cette fichue rumeur ! Crénom, c'était un peu fort de café… presque trente ans après ! C'était Armitage qui avait craché le morceau, sans doute. Foutu blanc-bec ! Qu'est-ce qu'il en savait, *lui* ? Enfin bon, inutile de ressasser tout ça ! On se fait parfois des idées – on s'imagine qu'un type vous regarde de travers…

Cela dit, cette île du Soldat, ça l'intéresserait de la voir. Un tas de potins circulaient à son sujet. Il y avait peut-être du vrai dans la rumeur selon laquelle l'Amirauté, le ministère de la Guerre ou l'armée de l'Air auraient mis le grappin dessus…

En tout cas, c'était le jeune Elmer Robson – le milliardaire américain – qui avait fait construire la maison. Ça lui avait coûté les yeux de la tête, à ce qu'on disait. Un luxe d'enfer…

Exeter ! Et une heure d'attente ! Et il n'avait aucune envie d'attendre. Il n'avait qu'une hâte : arriver…

VI

Le Dr Armstrong traversait la plaine de Salisbury au volant de sa Morris. Il était éreinté…

La rançon du succès. Il avait connu un temps où, assis dans son cabinet de consultation de Harley Street, correctement vêtu, entouré des appareils les plus sophistiqués et du mobilier le plus luxueux, il attendait – au fil des longues journées désertiques – que son entreprise réussisse ou échoue…

Eh bien, elle avait réussi ! Il avait eu de la chance ! De la chance *et* du savoir-faire, bien sûr. Il était doué dans son domaine – mais cela ne suffisait pas à assurer le succès. Il fallait aussi avoir de la chance. Et il en avait eu ! Un bon diagnostic, deux ou trois patientes reconnaissantes – des femmes riches et influentes – et le bouche-à-oreille avait fonctionné. « Vous devriez aller voir Armstrong… il est *très* jeune, mais *tellement* compétent… Pam consultait depuis *des années* toutes sortes de spécialistes – et lui, il a tout de suite mis le doigt sur ce qui n'allait pas ! » La machine était lancée.

Aujourd'hui, le Dr Armstrong était un médecin arrivé. Ses journées étaient surchargées. Il avait peu de loisirs. Aussi était-il heureux, en cette matinée d'août, de quitter Londres pour aller passer quelques jours sur une île, au large de la côte du Devon. En fait, ce n'étaient pas exactement des vacances. Si la lettre qu'il avait reçue était formulée en termes assez vagues, le chèque qui l'accompagnait n'avait, lui, rien de vague. Des honoraires faramineux ! Ces O'Nyme devaient rouler sur l'or. Apparemment, il y avait un petit problème : le mari se faisait du souci pour la santé de sa femme et souhaitait un avis médical sans la bouleverser pour autant. Elle ne voulait pas entendre parler de consulter un médecin. Ses nerfs…

Les nerfs ! Le Dr Armstrong leva les yeux au ciel. Les femmes et leurs nerfs ! Enfin… c'était bon pour les affaires. La moitié des patientes qui venaient le voir ne souffraient que d'ennui, mais elles ne l'auraient pas remercié d'un tel diagnostic ! Et en règle générale, on arrivait bien à leur trouver quelque chose.

« Un léger dysfonctionnement du (long terme technique)… rien de grave, mais il faut arranger ça. Un simple traitement suffira. »

La médecine, en fin de compte, c'était essentiellement une question de foi. Et le Dr Armstrong avait la manière : il savait susciter l'espoir et la confiance.

Heureusement qu'il était parvenu à se ressaisir, après cette histoire d'il y a dix… non, quinze ans. Là, il s'en était fallu de peu ! Il était devenu une véritable loque humaine. Le choc l'avait fait réagir. Il avait complètement cessé de boire. N'empêche, il s'en était fallu de peu…

Avec un coup de klaxon assourdissant, une énorme Dalmain grand-sport le doubla à cent trente à l'heure. Le Dr Armstrong faillit se retrouver dans la haie. Encore un de ces jeunes imbéciles qui roulaient à tombeau ouvert en pleine campagne. Ceux-là, il les détestait. Ça n'était pas passé loin, là non plus. Pauvre crétin !

VII

Tout en faisant une entrée rugissante dans le village de Mere, Marston pensa :

« C'est effrayant le nombre de voitures qui se traînent sur les routes. Toujours quelqu'un pour vous bloquer le passage. Et *en plus*, ils roulent au milieu de la chaussée ! Conduire en Angleterre, c'est à désespérer… pas comme en France, où on peut *vraiment* lâcher les gaz… »

Allait-il s'arrêter ici pour boire un verre, ou bien

pousser plus loin ? Il avait tout le temps ! Plus que cent cinquante kilomètres et des poussières. Il allait se payer un gin-tonic. Quelle chaleur à crever !

Cette île, on devrait pouvoir s'y amuser – à condition que le beau temps se maintienne. Mais *qui* étaient ces O'Nyme, au juste ? Sans doute des gens pleins aux as. Badger avait le chic pour les dénicher, ceux-là. Bien obligé, le pauvre vieux, désargenté comme il l'était…

Pourvu qu'ils ne lésinent pas sur les boissons. On ne pouvait jamais savoir, avec ces nouveaux riches. Dommage que ce ne soit pas Gabrielle Turl qui ait acheté l'île du Soldat, comme le bruit en avait couru. Il aurait bien aimé se frotter à la bande d'amis de cette star de cinéma.

Mais bon, il y aurait quand même bien quelques filles…

En sortant de l'auberge, il s'étira, bâilla, contempla le ciel bleu et remonta dans sa Dalmain.

Plusieurs jeunes femmes regardèrent avec admiration ce beau gosse d'un mètre quatre-vingts, bien proportionné, aux cheveux bouclés, au visage bronzé et aux yeux d'un bleu intense.

Il embraya dans un vrombissement et enfila à toute allure la rue étroite. Des hommes âgés et des garçons de courses s'écartèrent d'un bond, les gamins suivant la voiture du regard d'un air émerveillé.

Anthony Marston poursuivit sa marche triomphale.

VIII

M. Blore se trouvait dans l'omnibus en provenance de Plymouth. Il n'y avait qu'un seul autre voyageur dans son compartiment – un vieux loup de mer aux yeux chassieux. Pour l'instant, l'ex-marin somnolait.

M. Blore prenait soigneusement des notes sur un petit calepin.

« Le compte y est, marmonna-t-il enfin. Emily Brent, Vera Claythorne, le Dr Armstrong, Anthony Marston, le vieux juge Wargrave, Philip Lombard, le général Macarthur – compagnon de l'Ordre de Saint-Michel et Saint-Georges, croix de guerre –, le majordome et sa femme : M. et Mme Rogers. »

Il ferma son calepin, le remit dans sa poche et jeta un coup d'œil à l'homme assoupi dans son coin.

« Il a du vent dans les voiles », diagnostiqua-t-il avec justesse.

M. Blore récapitula consciencieusement les données du problème.

« Le boulot devrait être assez simple, rumina-t-il. Je ne vois pas comment je pourrais cafouiller. J'espère que j'ai l'allure qui convient. »

Il se leva pour s'examiner avec anxiété dans la glace. Avec sa moustache, il avait quelque chose de vaguement militaire. Le visage était peu expressif, les yeux gris et assez rapprochés.

« Je pourrais me faire passer pour un major, se dit M. Blore. Non, j'oubliais… il y a l'autre, là, le vieux général. Il me repérerait tout de suite.

» L'Afrique du Sud, voilà ce qu'il me faut ! Les autres n'y ont jamais mis les pieds ; moi, je viens de lire une brochure touristique sur ce pays et je peux en parler savamment. »

Heureusement, il y avait des colons en tous genres et de toutes catégories sociales. En se présentant comme un riche propriétaire d'Afrique du Sud, M. Blore se faisait fort de s'introduire sans difficulté dans n'importe quel milieu.

L'île du Soldat. Il se souvenait d'y être allé, tout gosse… Un rocher malodorant, couvert de mouettes, situé à environ un mille de la côte. L'île devait son nom à sa ressemblance avec une tête d'homme portant un casque.

Drôle d'idée d'aller construire une baraque dans un endroit pareil ! Atroce par gros temps ! Mais les milliardaires avaient de ces caprices…

Le vieux se réveilla dans son coin du compartiment.

— En mer, dit-il, on peut jamais prévoir. Jamais !

— C'est bien vrai, acquiesça M. Blore d'un ton apaisant. On ne peut pas.

Le vieux hoqueta deux fois et reprit d'une voix plaintive :

— Va y avoir un grain.

— Mais non, mon ami. Il fait un temps superbe.

Irrité, le vieil homme insista :

— Va y avoir un grain. Je le *sens.*

— Vous avez peut-être raison, fit M. Blore, conciliant.

Le train s'arrêta. Le vieux marin se leva en titubant :

— Ch'est là que j'descends.

Il tâtonna pour ouvrir la portière. M. Blore se porta à son secours.

Debout sur le marchepied, le vieux leva solennellement la main et cligna ses yeux chassieux.

— Veillez et priez, psalmodia-t-il. Veillez et priez. Le jour du jugement est proche.

Il dégringola du marchepied et s'effondra sur le quai. Étendu de tout son long, il leva la tête vers M. Blore et déclara avec une incommensurable dignité :

— C'est à *vous* que je parle, jeune homme. Le jour du jugement est tout proche.

« Il est plus proche pour lui que pour moi ! » pensa M. Blore en se laissant retomber sur son siège.

En quoi il se trompait…

Chapitre 2

I

Un petit groupe de voyageurs un peu perdus attendait devant la gare d'Oakbridge. Des porteurs chargés de valises les escortaient.

— Jim ! cria l'un d'eux.

L'un des chauffeurs de taxi s'avança.

— Z'allez à l'île du Soldat ? s'enquit-il avec l'accent chantant du Devon.

Quatre voix répondirent par l'affirmative. Aussitôt, les intéressés échangèrent entre eux des coups d'œil furtifs.

S'adressant au juge Wargrave en sa qualité de membre le plus âgé du groupe, le chauffeur expliqua :

— Y a deux taxis, m'sieur. Y en a un qui doit rester là jusqu'à l'arrivée de l'omnibus d'Exeter – c'est l'affaire de cinq minutes – parce qu'il y a un autre monsieur à prendre dans ce train-là. Est-ce que l'un de vous accepterait d'attendre ? Comme ça, tout le monde serait plus à son aise.

Consciente de ses devoirs de secrétaire, Vera Claythorne se proposa aussitôt.

— Allez-y si vous voulez bien, dit-elle. J'attendrai.

Elle avait, dans le regard et dans la voix, ce quelque chose d'autoritaire propre à ceux qui ont occupé un poste de commandement. On aurait dit qu'elle constituait des équipes de tennis avec ses élèves.

— Merci, dit sèchement Mlle Brent qui baissa la tête et monta dans le taxi dont le chauffeur tenait la portière ouverte.

Le juge Wargrave l'imita.

Le capitaine Lombard intervint :

— J'attendrai avec Mlle…

— Claythorne, dit Vera.

— Je m'appelle Lombard. Philip Lombard.

Les porteurs empilaient les bagages sur le toit du taxi. À l'intérieur, le juge Wargrave déclara à sa voisine, avec toute la prudence inhérente à son ancienne fonction :

— C'est un bien beau temps que nous avons là.

— Oui, en effet, acquiesça Mlle Brent.

« Très distingué, ce vieux monsieur, se dit-elle. Bien différent du genre d'hommes qu'on rencontre habituellement dans les pensions de famille du bord de mer. De toute évidence, Mme – ou Mlle – O'Neal a d'excellentes relations… »

— Vous connaissez bien la région ? demanda le juge Wargrave.

— Je suis déjà allée en Cornouailles et à Torquay, mais c'est la première fois que je viens dans cette partie du Devon.

— Moi aussi, je découvre la région, confia le juge.

Le taxi démarra.

— Vous voulez vous asseoir dans la voiture en attendant ? proposa le chauffeur du second taxi.

— Absolument pas, répondit Vera, catégorique.

Le capitaine Lombard sourit :

— Ce mur ensoleillé est plus séduisant. À moins que vous ne préfériez l'intérieur de la gare ?

— Surtout pas. C'est tellement bon d'avoir quitté ce compartiment suffocant !

— Oui, c'est assez éprouvant de voyager en train par ce temps.

— J'espère quand même que ça va durer – le beau temps, je veux dire, déclara Vera sur le mode conventionnel. Nos étés anglais sont si traîtres !

— Vous connaissez bien la région ? s'enquit Lombard avec un certain manque d'originalité.

— Non, c'est la première fois que j'y viens.

Bien résolue à ne pas laisser planer d'équivoque sur sa situation, elle ajouta vivement :

— Je n'ai même pas encore vu ma patronne.

— Votre patronne ?

— Oui, je suis la secrétaire de Mme O'Nyme.

— Ah ! je vois.

Un changement à peine perceptible s'opéra chez Lombard. Son attitude devint plus assurée, son ton plus dégagé :

— N'est-ce pas un peu inhabituel ?

Vera se mit à rire :

— Oh ! non, je ne pense pas. Sa secrétaire est subitement tombée malade, elle a télégraphié à une agence pour réclamer une remplaçante… et on m'a envoyée.

— C'est tout ? Et si, une fois arrivée, la place ne vous plaisait pas ?

Vera se remit à rire :

— Oh ! c'est un emploi temporaire – juste pour les vacances. Pendant l'année, je travaille dans une école de filles. En fait, je suis terriblement excitée à l'idée de voir l'île du Soldat. On en a tellement parlé dans les journaux… Est-elle aussi fascinante qu'on le dit ?

— Je n'en sais rien, répondit Lombard. Je n'y ai jamais mis les pieds.

— Vraiment ? Les O'Nyme en sont fous, j'imagine. Racontez-moi, comment sont-ils ?

« Embarrassant, ça, pensa Lombard. Est-ce que je suis censé les avoir rencontrés ou pas ? »

— Vous avez une guêpe sur le bras ! s'exclama-t-il. Non… ne bougez pas.

Il fondit sur sa proie de façon convaincante :

— Voilà, elle est partie !

— Oh, merci. Il y a beaucoup de guêpes cet été.

— Oui. La chaleur, sans doute. Qui attendons-nous, vous êtes au courant ?

— Je n'en ai pas la moindre idée.

Le long sifflement strident d'un train se fit entendre.

— Ça doit être l'omnibus, dit Lombard.

Un vieil homme, grand et d'allure militaire, sortit de la gare. Ses cheveux gris étaient coupés ras et sa moustache blanche taillée avec soin.

Son porteur, qui chancelait sous le poids d'une volumineuse valise de cuir, lui indiqua Vera et Lombard.

Vera s'avança, la compétence faite femme :

— Je suis la secrétaire de Mme O'Nyme. Un taxi nous attend. Je vous présente M. Lombard, ajouta-t-elle.

Les yeux d'un bleu délavé, perçants malgré leur âge,

jaugèrent Lombard. L'espace d'un instant, ils exprimèrent un jugement – mais bien malin qui aurait pu le lire.

« Beau garçon. Mais avec un je-ne-sais-quoi de pas net… »

Ils montèrent tous les trois dans le taxi. Ils parcoururent les rues assoupies du petit bourg d'Oakbridge et empruntèrent sur un bon kilomètre et demi la grand-route de Plymouth. Puis ils s'enfoncèrent dans la campagne, à travers un labyrinthe de chemins étroits, pentus et verdoyants.

— Je ne connais pas du tout cette partie du Devon, déclara le général Macarthur. J'ai une petite maison dans l'est du comté, à la lisière du Dorset.

— C'est ravissant par ici, dit Vera. Ces collines, cette terre rouge – tout est si vert et luxuriant…

Philip Lombard se montra plus critique :

— C'est un peu encaissé… Personnellement, je préfère les espaces découverts, d'où on peut voir ce qui se passe…

— Vous avez pas mal bourlingué, j'imagine ? remarqua le général Macarthur.

Lombard eut un haussement d'épaules un peu dédaigneux.

— J'ai roulé ma bosse, répondit-il tout en pensant à part lui :

« Et maintenant, il va me demander si j'étais en âge de faire la guerre. Avec ces anciens combattants, on y a toujours droit. »

Mais le général Macarthur ne parla pas de la guerre.

II

Parvenus au sommet d'une colline escarpée, ils en redescendirent par un chemin en lacet menant à Sticklehaven – simple grappe de cottages avec deux ou trois bateaux de pêche tirés au sec sur la plage.

Ils eurent alors leur premier aperçu de l'île du Soldat : illuminée par le soleil couchant, elle émergeait des flots au sud.

— Elle est bien loin, observa Vera, surprise.

Elle se l'était représentée différemment : proche du rivage et couronnée d'une somptueuse maison blanche. Mais il n'y avait aucune maison en vue, rien qu'une masse rocheuse qui se profilait sur le ciel en évoquant vaguement une gigantesque tête d'homme casqué. Il s'en dégageait quelque chose de sinistre. Vera réprima un frisson.

À la terrasse d'une petite auberge, le *Seven Stars*, trois personnes étaient installées. Il y avait là le vieux juge, silhouette voûtée, Mlle Brent, le buste raidi, et un troisième individu – un costaud, grand et carré, qui vint vers eux et se présenta :

— On a pensé que ce serait aussi bien de vous attendre, histoire de faire un seul voyage. Permettez-moi de me présenter. Davis, je m'appelle. Ma ville natale, c'est Natal, en Afrique du Sud, ha, ha ! conclut-il avec un rire jovial.

Le juge Wargrave le fixa avec une malveillance quasi palpable. Il semblait regretter de ne pas pouvoir donner l'ordre d'évacuer la salle. Quant à Mlle Emily Brent, elle n'était manifestement plus si sûre d'aimer les coloniaux.

— Quelqu'un veut un petit verre avant d'embarquer ? demanda M. Davis, plein de bonne volonté.

Comme personne n'acceptait sa proposition, il se retourna, l'index levé :

— Dans ce cas, ne tardons pas. Notre bon hôte et notre aimable hôtesse doivent nous attendre.

Il aurait pu déceler un étrange malaise chez les autres membres du groupe. Comme si le simple fait de mentionner leurs hôtes avait sur eux un effet paralysant.

En réponse au doigt levé de Davis, un homme se détacha du mur contre lequel il était adossé et vint vers eux. Sa démarche chaloupée trahissait le marin. Il avait le visage hâlé par le grand large, les yeux noirs et une expression un peu fuyante.

— Vous êtes prêts à partir pour l'île, m'sieurs-dames ? demanda-t-il avec son doux accent du Devon. Le bateau est paré. Il y a encore deux autres messieurs qui doivent arriver en voiture, mais on ne sait pas à quelle heure au juste, alors M. O'Nyme a dit de pas les attendre.

Les invités se levèrent et leur guide les conduisit sur une petite jetée en pierre. Un canot à moteur y était amarré.

— Il est bien petit, ce bateau, grinça Emily Brent.

— C'est un bon bateau, m'dame. Il vous emmènerait à Plymouth en un clin d'œil, assura son propriétaire d'un ton persuasif.

— Nous sommes nombreux, fit observer sèchement le juge Wargrave.

— Je pourrais en embarquer le double, m'sieur.

De sa voix plaisante, Philip Lombard intervint :

— Ça ira très bien. Grand beau temps… pas de houle.

Guère convaincue, Mlle Brent monta néanmoins à bord avec l'aide du marin. Les autres suivirent le mouvement. Les invités ne fraternisaient pas encore. Chacun semblait ne pas trop savoir que penser de ses compagnons.

Ils s'apprêtaient à larguer les amarres quand leur guide interrompit sa manœuvre, gaffe en main.

Une voiture dévalait le raidillon menant au village. Une voiture d'une si incroyable puissance, d'une si phénoménale beauté qu'elle avait tout d'une apparition. Un jeune homme était au volant, cheveux flottant au vent. Dans l'éclatante lumière de l'après-midi, il avait l'air non pas d'un homme mais d'un jeune dieu, un dieu héroïque issu de quelque légende nordique.

Il donna un coup de klaxon, rugissement formidable que les rochers de la baie renvoyèrent en écho.

Ce fut un instant inouï. Un instant pendant lequel Anthony Marston parut transcender le simple mortel. Par la suite, plus d'une des personnes présentes devait se remémorer ce moment-là.

III

Assis près du moteur, Fred Narracott se disait que ses passagers formaient une drôle d'équipe. Pas du tout l'idée qu'il s'était faite des invités de M. O'Nyme. Il s'était attendu à quelque chose de plus classieux : des femmes bien sapées et des hommes en tenue de yachting – tous très riches et l'air important.

Rien à voir avec les relations de M. Elmer Robson. Un léger sourire retroussa les lèvres de Fred Narracott au souvenir des hôtes du milliardaire. Ça, c'était ce qu'on appelait du beau monde – et tout l'alcool qu'ils s'envoyaient !

Ce M. O'Nyme devait être un gentleman d'un genre tout différent. Bizarre, d'ailleurs, que Fred ne l'ait jamais aperçu… ni lui ni sa bourgeoise. Ils ne s'étaient encore jamais pointés ici. Les commandes et les factures, c'était ce M. Morris qui s'en occupait. Instructions toujours très claires, paiement rapide, mais c'était quand même curieux. D'après les journaux, il y avait un mystère autour de M. O'Nyme. Fred Narracott était bien de cet avis.

Et si c'était Mlle Gabrielle Turl, en réalité, qui avait acheté l'île ? Mais il n'eut qu'à observer ses passagers pour écarter cette hypothèse. Non, pas ces gens-là… aucun d'entre eux n'était du style à fréquenter une star de cinéma.

Il les passa en revue d'un œil impartial.

Une vieille fille – du genre revêche… il connaissait bien cette engeance. C'était un chameau, à tous les coups. Un vieux militaire – ça se voyait à son allure martiale. Une jeune femme – jolie, oui, mais ordinaire, sans éclat : rien d'hollywoodien chez elle. Le grand costaud jovial – *lui*, en tout cas, ce n'était pas un vrai monsieur. Un commerçant retiré des affaires, probable, estima Fred Narracott. L'autre type, le grand maigre à l'air famélique et aux yeux vifs, c'était un drôle de zigoto. Pas impossible qu'il ait quelque chose à voir avec le cinéma.

Non, il n'y avait qu'un seul passager satisfaisant à bord. Le dernier gentleman, celui qui était arrivé en voiture (et quelle voiture ! On n'en avait jamais vu de pareille à Sticklehaven. Elle avait dû coûter la peau du dos, cette bagnole.) Lui, il était dans le ton. Né avec une cuiller d'argent dans la bouche. Si tous les autres avaient été comme lui… là, il aurait compris…

Drôle d'histoire, quand on y réfléchissait. Tout ça, c'était bizarre – très bizarre…

IV

Traçant un long sillon d'écume, le canot contourna le rocher. Alors, enfin, la demeure apparut. Le côté sud de l'île présentait un aspect tout différent. Il descendait en pente douce vers la mer. La maison était là, face au sud : basse, carrée, moderne, avec des fenêtres cintrées qui laissaient entrer toute la lumière.

Une maison sensationnelle – une maison à la hauteur de leur attente !

Fred Narracott coupa le moteur, et le canot se faufila en douceur dans un petit goulet naturel entre les rochers.

— Ça ne doit pas être commode d'accoster ici par gros temps, fit observer Philip Lombard.

— Par vent de sud-est, il n'y a pas moyen d'aborder l'île du Soldat, répondit gaiement Fred Narracott. Des fois, elle est coupée du monde pendant une semaine et plus.

« L'approvisionnement doit être très compliqué, pensa Vera Claythorne. C'est ça le pire, sur une île. Les problèmes domestiques prennent des proportions effarantes. »

La coque du bateau grinça contre les rochers. Fred Narracott sauta à terre et, secondé par Lombard, aida les autres à descendre. Narracott amarra le canot à un anneau scellé dans le roc. Puis il leur fit gravir un escalier taillé dans la falaise.

— Ah ! Quel coin charmant ! s'exclama le général Macarthur.

Mais il se sentait mal à l'aise. Sacrément étrange, cet endroit.

Lorsque les invités débouchèrent sur une terrasse, en haut des marches, leur moral remonta. Sur le pas de la porte les attendait un majordome impeccable dont la solennité les rassura. De plus, la maison était splendide et la vue de la terrasse, magnifique...

Le majordome s'inclina légèrement. Grand, maigre, grisonnant, c'était un homme d'allure éminemment respectable.

— Si vous voulez bien me suivre..., leur dit-il.

Dans le vaste hall, des boissons les attendaient.

Des rangées de bouteilles. Anthony Marston se rasséréna un peu. Il commençait justement à trouver la plaisanterie saumâtre. Personne de *son* monde ! Qu'est-ce qui avait pris à ce brave vieux Badger de l'entraîner là-dedans ? Quoi qu'il en soit, question boisson, rien à redire. Côté glaçons non plus.

Qu'est-ce qu'il racontait, le majordome ?

M. O'Nyme... fâcheux contretemps... ne pourrait pas arriver avant demain. Instructions... leurs moindres désirs... souhaitaient-ils monter dans leurs chambres ?... le dîner serait servi à 8 heures...

V

Vera avait suivi Mme Rogers à l'étage. La domestique avait ouvert tout grand une porte, au bout d'un couloir, et Vera était entrée dans une chambre ravissante, avec une grande fenêtre donnant sur la mer et une autre orientée à l'est. Elle poussa une exclamation de plaisir.

— J'espère que vous avez tout ce qu'il vous faut, mademoiselle ? dit Mme Rogers.

Vera embrassa la pièce du regard. On avait monté et défait ses bagages. Sur le côté, une porte ouverte donnait sur une salle de bains au carrelage bleu pâle.

— Oui, tout, je crois, répondit-elle vivement.

— Vous sonnerez si vous avez besoin de quelque chose, mademoiselle ?

Mme Rogers parlait d'une voix blanche, monocorde. Vera la dévisagea avec curiosité. Quel spectre exsangue et blafard, cette femme ! D'allure très respectable dans sa petite robe noire, elle avait les cheveux tirés en arrière et d'étranges yeux clairs qui ne semblaient jamais en repos.

« On dirait qu'elle a peur de son ombre », pensa Vera.

Oui, c'était ça : elle avait peur !

On aurait dit une femme en proie à une frayeur mortelle…

Vera sentit un petit frisson lui parcourir l'échine. De quoi diable cette femme pouvait-elle avoir peur ?

— Je suis la nouvelle secrétaire de Mme O'Nyme, lui dit-elle, aimable. Vous devez être au courant.

— Non, mademoiselle, je ne suis au courant de rien, répondit Mme Rogers. J'ai juste la liste de ces messieurs-dames avec les chambres qui leur sont destinées.

— Mme O'Nyme ne vous a pas parlé de moi ?

Mme Rogers battit des cils :

— Je n'ai pas vu Mme O'Nyme… pas encore. Nous ne sommes arrivés qu'avant-hier.

« Extraordinaires, ces O'Nyme », pensa Vera.

— Combien y a-t-il de domestiques ? demanda-t-elle tout haut.

— Rien que Rogers et moi, mademoiselle.

Vera fronça les sourcils. Huit personnes à demeure – dix avec l'hôte et l'hôtesse – et seulement un couple pour s'occuper d'eux ?

— Je suis bonne cuisinière, dit Mme Rogers, et Rogers se débrouille avec la maison. Évidemment, je ne me doutais pas que vous seriez si nombreux.

— Vous arriverez quand même à vous en sortir ?

— Oh ! oui, mademoiselle, j'y arriverai. Et s'il doit y avoir souvent autant de monde, Mme O'Nyme fera sans doute appel à des extra.

— Oui, sans doute, acquiesça Vera.

Mme Rogers tourna les talons. Ses pieds glissèrent sans bruit sur le parquet. Elle sortit de la pièce, silencieuse comme une ombre.

Vera alla s'asseoir sur la banquette, devant la fenêtre. Elle était vaguement troublée. Tout cela était… comment dire ?… un peu bizarre. L'absence des O'Nyme, la pâle et spectrale Mme Rogers…

Et les invités ! Oui, les invités étaient bizarres, eux aussi. Et curieusement mal assortis.

« J'aurais bien voulu voir les O'Nyme, se dit Vera. Je voudrais bien savoir à quoi ils ressemblent. »

Incapable de tenir en place, elle se leva et arpenta la pièce.

Une chambre parfaite, à la décoration entièrement moderne. Tapis écrus sur un parquet brillant, murs de couleur claire, long miroir encadré d'ampoules. Sur la cheminée, aucun ornement à part un énorme bloc de marbre blanc en forme d'ours, sculpture moderne dans laquelle était encastrée une pendule. Au-dessus, dans un étincelant cadre chromé, il y avait une grande feuille de parchemin. Un poème.

Vera s'approcha de la cheminée pour le lire. C'était une des vieilles comptines qui avaient bercé son enfance :

Dix p'tits soldats s'en furent souper,
L'un d'eux but à s'en étouffer
– n'en resta plus que neuf.
Neuf p'tits soldats veillèrent très tard,
L'un d'eux dormit plus que sa part
– n'en resta plus que huit.

Huit p'tits soldats flânaient de-ci de-là,
Dans le Devon l'un s'installa
– n'en resta plus que sept.
Sept p'tits soldats débitaient du p'tit bois,
En deux moitiés l'un se coupa
– n'en resta plus que six.
Six p'tits soldats s'amusaient au rucher,
Par une abeille l'un fut piqué
– n'en resta plus que cinq.
Cinq p'tits soldats étudiaient le droit,
L'un d'eux fut nommé juge, ma foi !
– n'en resta plus que quatre.
Quatre p'tits soldats prenaient un bain de mer,
Poisson d'avril goba l'un, ô ma mère !
– n'en resta plus que trois.
Trois p'tits soldats visitaient le zoo,
Un ours prit l'un entre ses crocs
– n'en resta plus que deux.
Deux p'tits soldats se chauffaient au soleil,
L'un d'eux grilla jusqu'aux orteils
– n'en resta donc plus qu'un.
Un p'tit soldat se retrouva solitaire,
Il alla se pendre, quelle misère !
– n'en resta plus aucun.

Vera sourit. Bien sûr ! On était sur l'île du Soldat !

Elle retourna s'asseoir devant la fenêtre et contempla la mer.

Quelle immensité, la mer ! D'ici, on ne voyait pas la moindre terre à l'horizon – juste une vaste étendue d'eau bleue qui ondulait au soleil vespéral.

La mer… si paisible aujourd'hui… parfois si cruelle… La mer qui vous entraînait dans ses profondeurs. Noyé… retrouvé noyé… noyé en mer… noyé – noyé – noyé…

Non, elle ne voulait pas se souvenir… Elle ne voulait *pas* y penser ! Tout ça, c'était fini…

VI

Le Dr Armstrong arriva à l'île du Soldat au moment précis où le soleil s'enfonçait dans la mer. Pendant la traversée, il avait bavardé avec le passeur, un homme du cru. Il était très désireux d'en apprendre un peu plus sur les propriétaires de l'île, mais le dénommé Narracott semblait curieusement mal informé, ou peut-être réticent à aborder le sujet.

Le Dr Armstrong se contenta donc de parler du temps et de la pêche.

Il était fatigué après son long trajet en voiture. Ses globes oculaires lui faisaient mal. Quand on roulait vers l'ouest, on avait le soleil en plein dans les yeux.

Oui, il était très fatigué. La mer et le calme absolu : voilà ce dont il avait besoin. En fait, il aurait aimé prendre des vacances prolongées. Mais ça, il ne pouvait pas se le permettre. Financièrement parlant, si, bien sûr ; mais il ne pouvait pas laisser tomber sa clientèle. De nos jours, on était vite oublié. Non, maintenant qu'il avait réussi, il ne devait pas relâcher ses efforts.

« Malgré tout, ce soir, je vais m'imaginer que je suis parti pour de bon… que j'en ai fini avec Londres, Harley Street et tout le reste. »

Une île, ça avait quelque chose de magique : le simple mot frappait l'imagination. On perdait contact avec le monde… une île, c'était un monde en soi. Un monde, peut-être, dont on risquait de ne jamais revenir.

« Je laisse derrière moi ma vie ordinaire », pensa-t-il.

Souriant à part lui, il entreprit de faire des projets, de fantastiques projets d'avenir. Il souriait encore lorsqu'il gravit l'escalier taillé dans le roc.

Sur la terrasse, dans un fauteuil, était assis un vieux monsieur qui parut vaguement familier au Dr Armstrong. Où donc avait-il déjà vu cette face de crapaud, ce cou de tortue, ces épaules voûtées – oui, et ces petits yeux pâles au regard rusé ? Ah ! bien sûr : le juge Wargrave. Il avait un jour témoigné devant lui. Sous son air à moitié endormi, il était retors comme pas possible dès qu'il s'agissait d'un point de droit. Et il avait un grand ascendant sur les jurés : on le disait capable de les manipuler à sa guise et de décider à leur place. Il leur avait ainsi arraché quelques condamnations douteuses. Le Pourvoyeur de la Potence, comme l'appelaient certains.

Drôle d'endroit pour le rencontrer… ici – à l'écart du monde.

VII

« Armstrong ? se dit le juge Wargrave. Je me souviens de lui à la barre des témoins. Très convenable et prudent. Tous les médecins sont des imbéciles. Ceux de Harley Street sont les pires de tous. » Et son esprit s'attarda avec malveillance sur une récente consultation, dans cette rue huppée, chez un de ces mielleux personnages.

À voix haute, il grogna :

— Les boissons sont dans le hall.

— Il faut d'abord que j'aille présenter mes respects au maître et à la maîtresse de maison, dit le Dr Armstrong.

Plus reptilien que jamais, le juge Wargrave referma les paupières.

— Impossible.

— Pourquoi donc ? s'étonna le Dr Armstrong.

— Il n'y a ni maître ni maîtresse de maison, répondit le juge. La situation est pour le moins étrange. Je ne comprends rien à cet endroit.

Le Dr Armstrong le dévisagea une longue minute. Alors qu'il pensait le vieillard endormi pour de bon, Wargrave reprit soudain :

— Vous connaissez Constance Culmington ?

— Euh… non, je ne pense pas.

— C'est sans importance, commenta le juge. Une femme très distraite, à l'écriture pratiquement illisible. Je me demandais seulement si je ne m'étais pas trompé d'adresse.

Le Dr Armstrong secoua la tête et se dirigea vers la maison.

Le juge Wargrave songea à Constance Culmington. Peu fiable, comme toutes les femmes.

Ses pensées s'orientèrent alors vers les deux femmes présentes sur les lieux, la vieille fille aux lèvres pincées et la jeune. Celle-là, il ne l'aimait pas : une petite garce sans scrupules. En fait, il y avait trois femmes si on comptait l'épouse de Rogers. Étrange créature… elle semblait morte de peur. Un couple convenable, qui connaissait son affaire.

Rogers sortant précisément sur la terrasse, le juge lui demanda :

— Savez-vous si lady Constance Culmington est attendue ?

Rogers le regarda, étonné.

— Non, monsieur, pas à ma connaissance.

Le juge haussa les sourcils mais se contenta d'émettre un grognement.

« L'île du Soldat, hein ? se dit-il. En effet, on y voit que du bleu. »

VIII

Anthony Marston était dans son bain. Il se prélassait dans l'eau fumante. Sa longue randonnée en voiture lui avait donné des crampes. Il ne pensait pas à grand-chose. Anthony était un être de sensations – et d'action.

« Bien obligé de rester, maintenant », se dit-il – après quoi il fit le vide dans son esprit.

Un bon bain chaud… membres courbatus… tout à l'heure, un coup de rasoir… un cocktail… le dîner.

Et après… ?

IX

M. Blore nouait sa cravate. Il n'était pas très doué pour ce genre d'exercice.

Est-ce qu'il présentait bien ? Il le supposait.

Personne ne s'était montré précisément cordial avec lui… curieux la façon dont ils s'épiaient les uns les autres – comme s'ils *savaient*…

À lui de jouer, à présent.

Il n'entendait pas bâcler son travail.

Il jeta un coup d'œil à la comptine encadrée au-dessus de la cheminée.

Chouette idée, d'avoir mis ça là !

« Je me souviens de cette île quand j'étais gosse, se dit-il. Je n'aurais jamais cru que je viendrais faire ce genre de boulot ici. Bonne chose, finalement, qu'on ne puisse pas prévoir l'avenir. »

X

Sourcils froncés, le général Macarthur réfléchissait.

Crénom de nom, la situation était bougrement bizarre ! Pas du tout ce qu'on lui avait laissé espérer…

Il était à deux doigts d'invoquer un prétexte pour filer… Tout envoyer promener…

Mais le canot à moteur avait regagné la côte. Il serait obligé de rester.

Ce Lombard, là, c'était un drôle de type.

Pas régulier. Non, pas régulier, le bonhomme, il en aurait juré.

XI

Au coup de gong, Philip Lombard sortit de sa chambre et se dirigea vers l'escalier. Il se déplaçait comme une panthère, sans bruit, avec souplesse. D'ailleurs, il avait quelque chose de la panthère. Un fauve… agréable à regarder.

Il souriait dans sa moustache. Une semaine, hein ?

Il allait en profiter, de cette semaine-là.

XII

Dans sa chambre, Emily Brent, vêtue d'une robe de soie noire, lisait sa bible en attendant le dîner.

Elle remuait les lèvres tout en suivant son texte :

« *Les païens sont précipités dans la fosse qu'ils ont eux-mêmes creusée ; au filet qu'ils ont eux-mêmes tendu ils se prennent le pied. Yahvé s'est fait connaître. Il a rendu le jugement. Il a lié l'impie dans l'ouvrage de ses mains. L'impie sera livré à la géhenne éternelle.* »

Ses lèvres se pincèrent. Elle ferma la bible.

Se levant, elle agrafa à son col une broche ornée d'un quartz jaune et descendit dans la salle à manger.

Chapitre 3

I

Le dîner touchait à sa fin.

La nourriture avait été bonne, le vin parfait. Rogers faisait bien le service.

Chacun se sentait meilleur moral. On commençait à se parler avec davantage de liberté et de familiarité.

Émoustillé par l'excellent porto, le juge Wargrave amusait par son esprit caustique le Dr Armstrong et Tony Marston qui l'écoutaient. Mlle Brent bavardait avec le général Macarthur : ils s'étaient découvert des amis communs. Vera Claythorne posait à M. Davis des questions intelligentes sur l'Afrique du Sud. M. Davis était intarissable sur le sujet. Lombard écoutait leur conversation. Il leva vivement la tête une ou deux fois, les yeux étrécis. Et de temps à autre, son regard faisait le tour de la table, observant les autres.

Soudain, Anthony Marston s'exclama :

— Originales, ces figurines, vous ne trouvez pas ?

Au centre de la table ronde, de petites statuettes en

porcelaine étaient disposées sur un socle circulaire en verre.

— Des soldats, poursuivit Tony. L'île du Soldat… C'est ça l'idée, je suppose.

Vera se pencha en avant :

— Je me le demande. Combien y en a-t-il ? Dix ?

— Oui… ils sont bien dix.

— Que c'est drôle ! s'écria-t-elle. Ce sont sans doute les dix petits soldats de la comptine. Dans ma chambre, elle est accrochée dans un cadre au-dessus de la cheminée.

— Dans la mienne aussi, dit Lombard.

— Et dans la mienne !

— Et dans la mienne !

Tout le monde fit chorus.

— C'est une idée amusante, non ? dit Vera.

— Remarquablement puérile, grommela le juge Wargrave en se resservant du porto.

Emily Brent regarda Vera Claythorne. Vera Claythorne regarda Emily Brent. Les deux femmes se levèrent.

Dans le salon, par les portes-fenêtres ouvertes sur la terrasse, le clapotis des vagues contre les rochers parvenait jusqu'à elles.

— Apaisant, ce bruit, murmura Emily Brent.

— Moi, je le déteste ! dit Vera d'un ton cassant.

Surprise, Mlle Brent la dévisagea. Vera rougit.

D'une voix plus posée, elle reprit :

— Cette île ne doit pas être très agréable les jours de tempête.

Emily Brent en convint.

— La maison est sûrement fermée en hiver, dit-elle. Pour commencer, aucun domestique n'accepterait d'y rester.

— De toute façon, il ne doit pas être facile d'en trouver.

— Mme O'Neal a eu la main heureuse avec ce couple, dit Emily Brent. La femme cuisine bien.

« C'est drôle comme les personnes d'un certain âge sont incapables de se rappeler les noms », pensa Vera.

— Oui, dit-elle, Mme O'Nyme a eu beaucoup de chance, en effet.

Emily Brent avait sorti de son sac un petit ouvrage de broderie. Elle allait enfiler son aiguille quand elle demanda vivement :

— O'Nyme ? Vous avez bien dit O'Nyme ?

— Oui.

— C'est la première fois de ma vie que j'entends ce nom-là, déclara Emily Brent, catégorique.

Vera fronça les sourcils :

— Mais pourtant…

Elle n'acheva pas sa phrase. La porte s'ouvrait : les hommes venaient les rejoindre. Rogers fermait la marche avec le plateau du café.

Le juge vint s'asseoir à côté d'Emily Brent. Armstrong s'approcha de Vera. Tony Marston se dirigea vers la fenêtre ouverte. Blore examina avec une naïve perplexité une statuette en bronze, se demandant sans doute si ces étranges formes anguleuses étaient vraiment censées représenter un corps féminin. Le général Macarthur s'adossa à la cheminée en tiraillant sa petite moustache blanche. Le dîner avait été sacrément bon ! Son moral était au beau fixe. Lombard feuilletait un numéro de *Punch* qui traînait sur la table, avec d'autres journaux.

Rogers servit le café à la ronde. Un excellent café : très noir et bien chaud.

Ils avaient tous bien dîné. Ils étaient satisfaits d'eux-mêmes et de la vie. Les aiguilles de la pendule indiquaient 9 h 20. Il se fit un silence – un silence confortable, repu.

Et c'est dans ce silence que s'éleva la Voix. Sans avertissement. Inhumaine. Pénétrante…

— *Mesdames et messieurs ! Silence, je vous prie !*

Tout le monde sursauta. Ils regardèrent autour d'eux… se regardèrent… regardèrent les murs.

Qui parlait ?

Haute et claire, la Voix poursuivit :

— *Vous êtes accusés des crimes suivants :*

» Edward George Armstrong, d'avoir causé la mort, le 14 mars 1925, de Louisa Mary Clees.

» Emily Caroline Brent, d'être responsable de la mort, le 5 novembre 1931, de Beatrice Taylor.

» William Henry Blore, d'avoir entraîné la mort de James Stephen Landor, le 10 octobre 1928.

» Vera Elizabeth Claythorne, d'avoir assassiné, le 11 août 1935, Cyril Ogilvie Hamilton.

» Philip Lombard, d'être coupable de la mort, en février 1932, de vingt et un hommes appartenant à une tribu d'Afrique orientale.

» John Gordon Macarthur, d'avoir délibérément envoyé à la mort, le 14 janvier 1917, l'amant de votre femme, Arthur Richmond.

» Anthony James Marston, d'avoir tué, le 14 novembre dernier, John et Lucy Combes.

» Thomas Rogers et Ethel Rogers, d'avoir provoqué la mort, le 6 mai 1929, de Jennifer Brady.

» Lawrence John Wargrave, d'avoir perpétré, le 10 juin 1930, le meurtre d'Edward Seton.

» Accusés, avez-vous quelque chose à dire pour votre défense ?

II

La voix s'était tue.

Il y eut un moment de silence pétrifié, suivi d'un fracas épouvantable. Rogers avait laissé choir le plateau du café.

Au même instant, à l'extérieur de la pièce, un cri retentit, suivi d'un bruit sourd.

Lombard fut le premier à réagir. Il bondit jusqu'à la porte et l'ouvrit à la volée. Dans le hall, recroquevillée par terre, gisait Mme Rogers.

Lombard appela :

— Marston !

Anthony accourut pour l'aider. À eux deux, ils soulevèrent la domestique et la transportèrent dans le salon.

Le Dr Armstrong se joignit à eux. Il les aida à l'allonger sur le divan et se pencha sur elle.

— Ce n'est rien, dit-il. Elle s'est évanouie, c'est tout. Elle va revenir à elle dans deux secondes.

— Allez chercher du cognac, dit Lombard à Rogers.

Pâle, les mains tremblantes, Rogers sortit aussitôt en murmurant :

— Oui, monsieur.

— *Qui parlait ?* s'écria Vera. Où était-il ? On aurait dit… on aurait dit…

— Qu'est-ce qui se passe ? postillonna le général Macarthur. C'est quoi, cette mauvaise plaisanterie ?

Ses mains tremblaient. Ses épaules étaient affaissées. Il avait soudain vieilli de dix ans.

Blore se tamponnait la figure avec un mouchoir.

Seuls le juge Wargrave et Mlle Brent paraissaient relativement calmes. Emily Brent était assise, très droite, la tête haute, les joues empourprées. Le juge siégeait dans sa posture habituelle, la tête enfoncée dans le cou. D'une main, il se grattait délicatement l'oreille. Seul son regard était en alerte. Ses yeux pétillants d'intelligence faisaient le tour du salon avec perplexité.

De nouveau, ce fut Lombard qui passa à l'action. Armstrong étant occupé avec la domestique évanouie, Lombard pouvait une fois encore prendre l'initiative.

— Cette voix ? dit-il. On aurait juré qu'elle venait d'ici même.

— *Qui était-ce ?* s'écria Vera. Qui était-ce ? Ce n'était aucun d'entre nous.

Tout comme le juge, Lombard parcourut lentement la pièce du regard. Ses yeux s'arrêtèrent un instant sur la fenêtre ouverte, mais il secoua la tête. Soudain, une lueur s'alluma dans ses prunelles. Il se dirigea rapidement vers une porte qui se trouvait près de la cheminée.

D'un geste vif, il saisit la poignée et ouvrit tout

grand le panneau. Il franchit le seuil et poussa aussitôt une exclamation satisfaite :

— Ah ! c'était donc ça !

Les autres se massèrent derrière lui. Seule Mlle Brent resta dans son fauteuil, droite comme un I.

Dans la seconde pièce, une table avait été disposée contre le mur mitoyen au salon. Sur la table se trouvait un gramophone – un modèle ancien, doté d'un large pavillon dont l'ouverture était appliquée contre le mur. Écartant l'appareil, Lombard montra du doigt deux ou trois petits trous presque invisibles percés dans la cloison.

Remettant le gramophone en place, il posa l'aiguille sur le disque. Aussitôt, ils entendirent de nouveau : « *Vous êtes accusés des crimes suivants...* »

— Arrêtez ça ! Arrêtez ça ! C'est horrible ! s'emporta Vera.

Lombard obéit.

Le Dr Armstrong murmura, avec un soupir de soulagement :

— Une farce cruelle et de très mauvais goût, voilà tout.

— Ainsi, vous pensez qu'il s'agit d'une plaisanterie ? susurra le juge Wargrave de sa petite voix flûtée.

Le médecin le dévisagea :

— Que voulez-vous que ce soit d'autre ?

Le juge se tapota la lèvre supérieure :

— Pour le moment, je ne suis pas en mesure d'émettre une opinion.

— Dites donc, intervint Anthony Marston, vous oubliez un détail. Qui diable a mis cet appareil en marche ?

— C'est vrai, murmura Wargrave, il nous faut tirer cela au clair.

Suivi des autres, il regagna le salon.

Rogers venait d'apporter un verre de cognac. Mlle Brent était penchée sur Mme Rogers qui gémissait.

Adroitement, Rogers se faufila entre les deux femmes.

— Si vous le permettez, madame, je vais lui parler. Ethel… Ethel… Tout va bien. Tout va bien, tu m'entends ? Reprends-toi.

Mme Rogers avait la respiration précipitée, saccadée. Ses yeux – des yeux épouvantés, au regard fixe – faisaient le tour des visages qui l'entouraient. La voix de Rogers se fit pressante :

— Reprends-toi, Ethel.

Le Dr Armstrong s'adressa à elle d'un ton apaisant :

— C'est fini, madame Rogers. Un simple malaise.

— Je me suis évanouie, monsieur ? demanda-t-elle.

— Oui.

— C'est cette voix… cette voix affreuse… *comme une sentence*…

De nouveau, son visage verdit, ses paupières battirent.

— Où est le cognac ? interrogea vivement le Dr Armstrong.

Rogers avait posé le verre sur une petite table. Quelqu'un le tendit au médecin, qui se pencha sur la femme haletante :

— Buvez ça, madame Rogers.

Elle s'étrangla un peu, hoqueta. L'alcool lui fit du bien. Elle reprit des couleurs :

— Je me sens mieux, maintenant. Sur le moment, ça… ça m'a toute retournée.

— Il y avait de quoi, dit précipitamment Rogers. Moi aussi, ça m'a retourné. Même que j'en ai lâché mon plateau. Rien que des mensonges, voilà ce que c'était ! Je voudrais bien savoir…

Un bruit l'interrompit. Ce n'était qu'un toussotement, une petite toux sèche, mais qui eut pour effet de le stopper en plein élan. Il dévisagea le juge Wargrave, qui se racla de nouveau la gorge.

— Qui a posé ce disque sur le gramophone ? demanda le magistrat. C'est vous, Rogers ?

— Je ne savais pas ce que c'était ! protesta le domestique. Parole d'honneur, je ne savais pas ce que c'était, monsieur. Sinon, je ne l'aurais jamais fait.

— C'est sans doute vrai, admit le juge avec flegme. Mais vous feriez quand même bien de vous expliquer, Rogers.

Le majordome s'épongea le visage avec son mouchoir :

— J'ai juste obéi aux ordres, monsieur, c'est tout.

— Aux ordres de qui ?

— De M. O'Nyme.

— Soyons clairs, dit le juge Wargrave. Quels étaient exactement les ordres de M. O'Nyme ?

— Je devais poser un disque sur le gramophone. Le disque se trouverait dans le tiroir de la table et ma femme devait mettre l'appareil en marche au moment où j'entrerais dans le salon avec le plateau du café.

— Voilà une histoire bien extraordinaire, marmonna le juge.

— C'est la vérité, monsieur ! s'écria Rogers. Je jure devant Dieu que c'est la vérité ! Je ne savais pas de quoi il retournait – absolument pas. Il y avait un nom sur le disque… J'ai cru que c'était un simple morceau de musique.

Wargrave interrogea Lombard du regard :

— Il y avait un titre sur le disque ?

Lombard acquiesça. Il eut un sourire subit qui découvrit ses dents blanches de carnassier :

— En effet, monsieur. Il s'appelait *Le Chant du Cygne*...

III

— Toute cette histoire est absurde ! s'emporta le général Macarthur. Absurde ! Balancer des accusations pareilles ! Il faut faire quelque chose. Qui que soit cet O'Nyme…

Emily Brent l'interrompit d'un ton bref :

— C'est précisément la question. Qui est-ce ?

Le juge intervint. Il prit la parole avec l'autorité que lui conférait une existence entière passée à rendre la justice :

— C'est ce que nous devons nous employer à découvrir. Je vous suggère d'aller d'abord mettre votre femme au lit, Rogers. Ensuite, venez nous rejoindre ici.

— Bien, monsieur.

— Je vais vous donner un coup de main, Rogers, dit le Dr Armstrong.

Soutenue par les deux hommes, Mme Rogers partit en chancelant.

— Vous, je ne sais pas, déclara Tony Marston une fois la porte refermée, mais moi je prendrais bien un verre.

— Je suis d'accord, approuva Lombard.

— Je vais voir ce que je peux dénicher, dit Tony.

Il sortit de la pièce.

Il revint quelques secondes plus tard en annonçant :

— J'ai trouvé ce plateau tout préparé dans le hall. Il n'y avait plus qu'à l'apporter.

Il posa son fardeau avec précaution. Pendant les deux minutes qui suivirent, on servit à boire. Le général Macarthur prit un whisky bien tassé, imité par le juge. Ils ressentaient tous le besoin d'un remontant. Seule Emily Brent réclama et obtint un verre d'eau.

Le Dr Armstrong ne tarda pas à revenir :

— Elle va bien. Je lui ai donné un sédatif. Qu'est-ce que je vois là ? Vous prenez un verre ? Ce n'est pas de refus.

Parmi les hommes, plusieurs se resservirent. Quelques instants plus tard, Rogers réapparut.

Le juge Wargrave prit les opérations en main. Le salon se transforma en salle d'audience improvisée.

— À présent, Rogers, commença le juge, il s'agit d'aller au fond des choses. Qui est ce M. O'Nyme ?

Rogers ouvrit de grands yeux.

— Mais… le propriétaire de cette maison, monsieur.

— J'entends bien. Ce que je vous demande, c'est ce que vous savez personnellement sur cet homme.

Rogers secoua la tête :

— Je ne peux pas vous dire, monsieur. Je ne l'ai jamais vu.

Un léger frémissement parcourut l'assistance.

— Comment ça, vous ne l'avez jamais vu ? intervint le général Macarthur.

— Ma femme et moi, monsieur, nous sommes ici depuis moins d'une semaine. Nous avons été embauchés par lettre, par l'intermédiaire d'une agence. L'agence *Regina* à Plymouth.

Blore acquiesça :

— Une vieille firme qui a pignon sur rue.

— Cette lettre, vous l'avez encore ? s'enquit Wargrave.

— Celle de notre employeur ? Non, monsieur. Je ne l'ai pas gardée.

— Poursuivez votre récit. Vous avez donc été engagés par courrier…

— Oui, monsieur. Nous devions arriver un jour précis. Ce que nous avons fait. Ici, tout était en ordre. Grosse réserve de provisions, maison impeccable. Il y avait juste besoin d'un coup de balai.

— Et ensuite ?

— Rien, monsieur. Nous avons reçu la consigne – toujours par lettre – de préparer les chambres pour un groupe d'invités. Et puis hier, au courrier de l'après-midi, j'ai reçu une autre lettre de M. O'Nyme : sa femme et lui étaient retenus, à nous de faire au mieux – et il nous donnait des instructions pour le dîner et le café, en nous demandant de mettre le disque sur le gramophone.

— Cette lettre, vous l'avez sûrement encore ? dit le juge.

— Oui, monsieur, je l'ai sur moi.

Il la sortit de sa poche et le juge la prit.

— Hum ! fit-il. À l'en-tête du Ritz et tapée à la machine.

D'un mouvement rapide, Blore fut auprès de lui.

— Si vous permettez que je l'examine, dit-il en l'arrachant des mains du magistrat.

Après l'avoir parcourue, il murmura :

— Machine *Coronation.* Neuve… aucun défaut d'impression. Papier de la marque la plus répandue. Vous ne tirerez rien de cette lettre. Possible qu'il y ait des empreintes, mais ça m'étonnerait.

Wargrave le considéra avec une attention subite.

— Il a des prénoms très sophistiqués, vous ne trouvez pas ? fit remarquer Anthony Marston qui regardait par-dessus l'épaule de Blore. Algernon Norman O'Nyme… On en a plein la bouche.

Le vieux juge tressaillit.

— Je vous suis très reconnaissant, monsieur Marston, dit-il. Vous venez d'attirer mon attention sur un détail curieux et révélateur.

Il regarda les autres tour à tour, allongea le cou comme une tortue en colère et reprit :

— Le moment me semble venu de mettre en commun nos informations. Il serait bon que chacun fournisse les renseignements dont il dispose sur les propriétaires de cette maison… Nous sommes tous leurs invités. Il serait intéressant de savoir au juste, pour chacun d'entre nous, à quel titre.

Un silence s'ensuivit. Puis Emily Brent prit la parole d'un ton résolu :

— Il y a quelque chose de très insolite dans tout ceci. J'ai reçu une lettre dont la signature n'était pas très lisible. Elle émanait apparemment d'une femme que j'avais rencontrée dans une station estivale voici deux ou trois ans. J'ai pensé que le nom en question était O'Neary ou O'Neal. Je connais en effet une Mme O'Neal ainsi qu'une Mlle O'Neary. Je suis bien certaine, en revanche, de n'avoir jamais séjourné ni sympathisé avec une quelconque Mme O'Nyme.

— Vous avez cette lettre, mademoiselle Brent ? demanda le juge Wargrave.

— Oui, je monte vous la chercher.

Elle revint une minute plus tard avec la lettre.

— Je commence à comprendre…, déclara le juge après l'avoir lue. Mademoiselle Claythorne ?

Vera expliqua dans quelles conditions elle avait obtenu son poste de secrétaire.

— Marston ? interrogea ensuite le juge.

— J'ai reçu un télégramme, répondit Anthony. D'un copain à moi. Badger Berkeley. Ça m'a étonné sur le moment, car j'avais dans l'idée que cette vieille canaille était partie pour la Norvège. Il me disait de me pointer ici.

Wargrave hocha la tête et poursuivit :

— Docteur Armstrong ?

— J'ai été appelé à titre professionnel.

— Je vois. Vous ne connaissiez pas la famille auparavant ?

— Non. Mais la lettre faisait allusion à un de mes confrères.

— Oui, pour la vraisemblance…, murmura le juge.

Et je présume que ce confrère était provisoirement impossible à joindre ?

— Eh bien... euh... oui.

Lombard, qui observait Blore depuis un moment, intervint brusquement :

— Dites donc, je pense à quelque chose...

Le juge leva la main :

— Tout à l'heure.

— Mais je...

— Chaque chose en son temps, monsieur Lombard. Pour l'instant, nous déterminons les causes qui nous ont réunis ici ce soir. Général Macarthur ?

Tiraillant sa moustache, le général marmonna :

— J'ai reçu une lettre... de cet O'Nyme... disant que d'anciens camarades à moi seraient là... s'excusant de cette invitation au pied levé. Je n'ai hélas pas gardé la lettre.

— Monsieur Lombard ? reprit Wargrave.

Le cerveau de Lombard avait fonctionné à plein régime. Devait-il ou non jouer cartes sur table ? Il se décida :

— Même chose pour moi, dit-il. Invitation, allusion à des amis communs... je suis bel et bien tombé dans le panneau. La lettre, je l'ai déchirée.

Le juge Wargrave se tourna alors vers M. Blore. De l'index, il se tapotait la lèvre supérieure et, lorsqu'il parla, ce fut avec une politesse qui ne présageait rien de bon :

— Nous venons de vivre une expérience assez troublante. Une voix apparemment désincarnée nous a tous appelés par nos noms et a porté contre nous des accusations précises. Nous reviendrons sur ces accusations dans un instant. Pour le moment, ce qui m'intéresse, c'est un point de moindre importance. Parmi les noms cités, il y avait celui de William Henry Blore. Or, à notre connaissance, il n'y a pas de Blore parmi nous. En revanche, le nom de Davis n'a pas été mentionné. Comment expliquez-vous cela, monsieur Davis ?

— Le pot aux roses est découvert, semble-t-il, dit Blore d'un ton maussade. Autant vous avouer que je ne m'appelle pas Davis.

— Vous êtes William Henry Blore ?

— Exact.

— J'ai quelque chose à ajouter, intervint Lombard. Non seulement vous êtes ici sous un faux nom, monsieur Blore, mais j'ai constaté ce soir que vous étiez par-dessus le marché un menteur de première. Vous prétendez débarquer de Natal, Afrique du Sud. Or je connais l'Afrique du Sud, je connais Natal, et je suis prêt à parier que jamais vous n'y avez mis les pieds.

Tous les regards étaient braqués sur Blore. Des regards furieux, soupçonneux. Anthony Marston fit un pas vers lui, les poings crispés.

— Alors, espèce de salopard ? gronda-t-il. Des explications ?

Blore rejeta la tête en arrière, mâchoires serrées :

— Vous vous trompez sur mon compte, messieurs. Regardez, voici mes papiers. Je suis un ancien policier du CID. Je dirige une agence de détectives privés à Plymouth. J'ai été engagé pour ce job.

— Par qui ? demanda le juge Wargrave.

— Par le dénommé O'Nyme. Il m'a envoyé une

somme rondelette pour mes frais en m'expliquant ce qu'il attendait de moi. Je devais me joindre à vous en me faisant passer pour un invité. Il me donnait le nom de chacun d'entre vous. J'étais chargé de vous surveiller.

— La raison invoquée ?

— Les bijoux de Mme O'Nyme, ricana Blore. Mme O'Nyme, mon œil ! Je ne crois pas qu'elle existe, cette bonne femme-là.

Le juge se tapota de nouveau la lèvre – d'un air approbateur cette fois.

— Votre conclusion me paraît juste, dit-il. Algernon Norman O'Nyme ! Dans la lettre de Mlle Brent, bien que la signature soit un gribouillis, les prénoms sont relativement lisibles : Alvina Nancy… Dans les deux cas, les mêmes initiales. Algernon Norman O'Nyme… Alvina Nancy O'Nyme… autrement dit, à chaque fois : A.N. O'Nyme. Ou encore : ANONYME !

— Mais c'est inimaginable ! s'écria Vera. C'est… c'est complètement fou !

Le juge hocha doucement la tête :

— Eh oui ! Il ne fait pour moi aucun doute que nous avons été invités ici par un fou – probablement un dangereux maniaque homicide.

Chapitre 4

I

Il y eut un silence. Un silence stupéfait, consterné. Puis, de sa petite voix claire, le juge reprit le fil de son discours :

— Nous allons maintenant passer à l'étape suivante de notre enquête. Mais auparavant, je vais ajouter mon propre tribut à la liste.

Il sortit une enveloppe de sa poche et la jeta sur la table :

— Cette lettre est censée m'avoir été envoyée par une de mes vieilles amies, lady Constance Culmington. Je ne l'ai pas revue depuis des années. Elle est partie pour l'Orient. C'est une lettre confuse et incohérente, tout à fait dans son style ; elle me presse de la rejoindre ici et parle de ses hôtes dans les termes les plus vagues. Toujours la même technique, vous observerez. Si je souligne cette concordance, c'est parce qu'il en ressort un point extrêmement intéressant. *Quel que soit l'individu qui nous a attirés ici, il sait – ou a pris la peine de découvrir – beaucoup de choses sur notre compte à tous.* Il est au courant de mon amitié pour lady Constance et n'ignore rien de son style épistolaire. Il connaît de nom certains confrères du Dr Armstrong et sait où ils se trouvent actuellement. Il connaît le sobriquet[1] de l'ami de M. Marston et sait quel genre de télégramme il envoie. Il sait exactement où Mlle Brent a passé ses vacances il y a deux ans et quelle catégorie de gens elle y a rencontré. Il sait tout des vieux camarades du général Macarthur.

Il marqua un temps avant de poursuivre :

— *Comme vous le voyez, il en sait long.* Et à partir de ce qu'il sait sur nous, il a formulé certaines accusations précises.

Ce fut aussitôt un tollé.

— Un tissu de mensonges ! Des calomnies ! tonna le général Macarthur.

— C'est inique ! s'écria Vera, le souffle court. Odieux !

— C'est un mensonge – un ignoble mensonge…, dit Rogers d'une voix âpre. Nous n'avons jamais, ni ma femme ni moi…

— Aucune idée de ce qu'il voulait insinuer, ce pauvre type ! gronda Anthony Marston.

La main levée du juge Wargrave apaisa le tumulte.

— Je voudrais dire ceci, déclara-t-il en choisissant ses mots avec soin. Notre ami anonyme m'accuse du meurtre d'un certain Edward Seton. Je me souviens parfaitement de Seton. Il a comparu devant moi en juin 1930. Il était accusé d'avoir assassiné une

1. *Badger*, c'est-à-dire « blaireau ».

vieille dame. Il avait été très bien défendu et, à la barre des témoins, avait fait bonne impression sur le jury. Néanmoins, au vu des preuves, sa culpabilité ne faisait aucun doute. J'ai donc conclu en ce sens, et le jury l'a déclaré coupable. En prononçant sa condamnation à mort, j'ai simplement entériné le verdict. Son avocat a fait appel du jugement, prétextant que j'avais mal instruit le jury. L'appel a été rejeté et l'homme dûment exécuté. Je tiens à affirmer devant vous que j'ai la conscience parfaitement tranquille en la matière. J'ai fait mon devoir et rien d'autre. J'ai condamné un homme qui, à juste titre, avait été convaincu de meurtre.

Armstrong s'en souvenait, maintenant. L'affaire Seton ! Le verdict avait été une énorme surprise. Un soir, pendant le procès, il avait rencontré Matthews, l'avocat de la défense, au restaurant. Matthews s'était montré confiant : « Aucun doute sur le verdict. L'acquittement est pratiquement certain. » Par la suite, Armstrong avait entendu divers commentaires : « Le juge était à fond contre Seton. Il a retourné le jury comme une crêpe et ils l'ont déclaré coupable. En toute légalité, notez bien. Le vieux Wargrave connaît son code pénal. On aurait presque pu croire qu'il en voulait personnellement à l'accusé. »

Ces souvenirs défilèrent à toute allure dans l'esprit du médecin. Impulsivement, sans se préoccuper de savoir s'il était bien sage de poser cette question, il demanda :

— Connaissiez-vous un tant soit peu Seton ? Avant le procès, j'entends.

Les yeux aux lourdes paupières de reptile se fixèrent sur lui.

— Avant le procès, répondit le juge avec froideur, j'ignorais tout de Seton.

« Il ment, songea Armstrong à part lui. Je suis sûr qu'il ment. »

II

Vera Claythorne prit la parole d'une voix tremblante :

— Je voudrais vous dire, à propos de cet enfant… Cyril Hamilton. J'étais sa gouvernante. Il avait reçu l'interdiction de nager trop loin. Un jour, profitant d'un moment où j'étais distraite, il s'est aventuré au large. J'ai plongé pour tenter de le rattraper… je n'ai pas pu arriver à temps… Un drame épouvantable… Mais ce n'était pas ma faute. À l'enquête, le coroner m'a disculpée. Et la mère de Cyril… elle a été si bonne avec moi. Si elle ne m'a pas accablée, même *elle*, pourquoi… pourquoi faut-il qu'on raconte une chose aussi horrible ? Ce n'est pas juste… pas juste…

Elle s'effondra, sanglotant amèrement.

Le général Macarthur lui tapota l'épaule :

— Là, là, mon petit. Bien sûr que ce n'est pas vrai. Ce type est fou. Fou à lier ! Il a une araignée au plafond ! Il a inventé n'importe quoi.

Il redressa le buste et carra les épaules.

— Dans des cas pareils, aboya-t-il, mieux vaut ne pas répondre ! N'empêche, je tiens à préciser… il n'y a rien de vrai… strictement rien de vrai dans ce qu'il a dit au sujet de… euh… du jeune Arthur Richmond. Richmond était un de mes officiers. Je l'ai envoyé en reconnaissance. Il s'est fait tuer. Rien de plus naturel en temps de guerre. Et je suis indigné… outré… qu'on salisse ainsi ma femme ! La plus fidèle des épouses. Au-dessus de tout soupçon… la femme de César !

Le général Macarthur s'assit et tripota sa moustache d'une main tremblante. Parler lui avait coûté un gros effort.

Lombard prit la suite, une lueur amusée dans le regard :

— À propos de ces indigènes…

— Oui, au fait ? dit Marston.

— C'est la pure vérité ! Je les ai lâchés ! Question de survie. Nous étions perdus dans la brousse. Moi et deux autres gars, nous avons pris la nourriture qui restait et nous avons levé le camp.

Le général Macarthur protesta avec sévérité :

— Vous avez abandonné vos hommes… en les laissant mourir de faim ?

— Ce n'est pas digne d'un *pukka sahib*, j'en conviens, répliqua Lombard. Mais le premier devoir d'un homme, c'est sa propre survie. Et puis vous savez, les indigènes, ça ne les dérange pas de mourir. Ils n'ont pas la même vision de la mort que les Européens.

Vera ôta les mains de son visage. Regardant Lombard, elle dit dans un souffle :

— Vous les avez laissés… *mourir*?

Il plongea ses yeux amusés dans ceux, horrifiés, de la jeune femme.

— Je les ai laissés mourir.

Anthony Marston intervint alors d'une voix lente, perplexe :

— J'y pense… John et Lucy Combes. Il doit s'agir des deux gosses que j'ai renversés près de Cambridge. Vous parlez d'une déveine !

— Pour eux ou pour vous ? glissa le juge Wargrave d'un ton acide.

— Ma foi, je pensais… surtout pour moi… mais vous avez raison, monsieur, ç'a été une sacrée déveine pour eux aussi. Remarquez, c'était un accident pur et simple. Ils sont sortis brusquement d'un cottage quelconque. Ça m'a valu un an de suspension de permis. Vous parlez d'une poisse !

— La vitesse est un fléau… un véritable fléau ! s'indigna le Dr Armstrong. Les jeunes gens comme vous sont un danger public !

Anthony haussa les épaules :

— La vitesse est passée dans les mœurs. Cela dit, les routes anglaises sont à pleurer. Impossible d'y tenir une moyenne raisonnable.

Il chercha son verre d'un œil vague, le prit sur une table et alla se servir un autre whisky-soda.

— En tout cas, ce n'était pas ma faute, lança-t-il par-dessus son épaule. Un accident, rien de plus !

III

Depuis un moment, Rogers, le majordome, se passait la langue sur les lèvres et se tordait les mains. D'un ton plein de déférence, il murmura :

— Pourrais-je dire un mot, monsieur ?

— Allez-y, Rogers, répondit Lombard.

Le majordome s'éclaircit la gorge et humecta à nouveau ses lèvres sèches.

— On a parlé de moi et de Mme Rogers, monsieur. Et de Mlle Brady. Il n'y a pas un mot de vrai là-dedans, monsieur. Ma femme et moi, nous sommes restés avec Mlle Brady jusqu'à sa mort. Elle avait toujours eu une mauvaise santé, monsieur, déjà à l'époque où nous sommes entrés à son service. Il y avait un orage, cette nuit-là, monsieur… la nuit où elle a eu son malaise. Le téléphone était en dérangement. On ne pouvait pas appeler le médecin, alors je suis parti le chercher à pied, monsieur. Mais quand il est arrivé, il était trop tard. Nous avons fait l'impossible pour elle, monsieur. Nous lui étions dévoués, ça oui. Tout le monde pourra vous le dire. Personne ne nous a jamais rien reproché. Personne.

Pensif, Lombard regarda le majordome, son visage ravagé de tics, ses lèvres sèches, ses yeux remplis d'effroi. Il se remémora la chute du plateau de café. Il pensa, mais sans le dire tout haut : « Ah ouais ? »

Blore, lui, prit la parole – de sa voix de flic, à la fois insinuante et brutale :

— Vous avez quand même touché un petit quelque chose à sa mort, pas vrai ?

Rogers se redressa.

— Mlle Brady nous a fait un legs en reconnaissance de nos bons et loyaux services, répondit-il avec raideur. Et pourquoi pas, je vous le demande ?

— Au fait, et vous-même, monsieur Blore ? s'enquit Lombard.

— Comment ça, et moi ?

— Votre nom figurait sur la liste.

Blore vira au cramoisi :

— Vous voulez parler de Landor ? Il s'agissait du hold-up de la banque… *London & Commercial.*

Le juge Wargrave s'agita dans son fauteuil :

— Je m'en souviens. L'affaire n'est pas venue devant moi, mais je me rappelle les faits. Landor a été condamné sur votre témoignage. Vous étiez l'officier de police chargé de l'enquête ?

— En effet.

— Landor a été condamné aux travaux forcés à perpétuité ; il est mort à Dartmoor l'année suivante. C'était un homme fragile.

— C'était un truand, gronda Blore. Il avait assommé le veilleur de nuit. Sa culpabilité ne faisait aucun doute.

— On vous a félicité, me semble-t-il, pour la compétence dont vous aviez fait preuve en cette affaire, dit Wargrave d'une voix lente.

— J'ai eu de l'avancement, reconnut Blore, maussade.

Il ajouta d'une voix rauque :

— Je n'avais fait que mon devoir.

Lombard éclata de rire – d'un rire subit, tonitruant :

— Quel bel échantillon d'honorables citoyens

respectueux de la loi ! Excepté moi… Et vous, docteur ? Votre petite faute professionnelle – une opération illégale, c'est ça ?

Emily Brent lui lança un regard chargé de dégoût et écarta un peu son siège.

Très maître de lui, le Dr Armstrong secoua la tête avec bonne humeur :

— Je nage en plein brouillard. Le nom qui a été prononcé ne me dit absolument rien. C'était quoi, déjà – Clees ? Close ? Je ne me rappelle vraiment pas avoir eu une patiente de ce nom-là ni avoir causé – directement ou indirectement – la mort de quelqu'un. Cette histoire est pour moi un mystère total. Il est vrai que ça ne date pas d'hier. Il pourrait s'agir d'un des malades que j'ai opérés à l'hôpital. Ceux-là, ils arrivent souvent trop tard. Et quand le patient meurt, on considère toujours que c'est la faute du chirurgien.

Il secoua la tête en soupirant.

«*Ivre, voilà la vérité : j'étais ivre*, se dit-il. *Et j'ai opéré quand même ! J'avais les nerfs en capilotade… les mains tremblantes. Je l'ai bel et bien tuée, la malheureuse… une femme d'un certain âge… Une intervention bénigne, si j'avais été à jeun. Encore heureux qu'on se tienne les coudes dans notre profession. L'infirmière savait, évidemment… mais elle a tenu sa langue. Seigneur, le choc que ça m'a fait ! Un choc salutaire. Mais qui peut bien être au courant de cette histoire… après tant d'années ?*»

IV

Le silence s'était fait dans la pièce. Ouvertement ou à la dérobée, tout le monde regardait Emily Brent. Il lui fallut un certain temps pour s'en rendre compte. Ses sourcils se haussèrent sur son front étroit :

— Attendez-vous que je dise quelque chose ? Je n'ai rien à dire.

— Rien, mademoiselle Brent ? insista le juge.

— Rien.

Elle serra étroitement les lèvres.

Le juge se passa la main sur le visage.

— Vous réservez votre défense ? s'enquit-il d'un ton suave.

— Il n'est pas question de défense, répliqua Mlle Brent avec froideur. J'ai toujours agi en accord avec ma conscience. Je n'ai rien à me reprocher.

Un sentiment d'insatisfaction palpable flottait dans l'air. Mais Emily Brent n'était pas femme à se laisser fléchir par l'opinion d'autrui. Elle demeura inébranlable.

Le juge se racla la gorge à une ou deux reprises.

— Notre enquête en restera donc là, dit-il enfin. Voyons, Rogers, qui d'autre y a-t-il sur cette île en dehors de nous, de vous et de votre femme ?

— Personne, monsieur. Rigoureusement personne.

— Vous en êtes sûr ?

— Sûr et certain, monsieur.

— Je ne saisis pas encore très bien pourquoi notre hôte anonyme nous a rassemblés ici, reprit Wargrave. Mais à mon sens, cet individu – quel qu'il soit – n'est pas sain d'esprit au sens habituel du terme… Il est peut-être même dangereux. Selon moi, nous avons tout intérêt à quitter cet endroit le plus tôt possible. Je suggère que nous partions ce soir même.

— Je vous demande pardon, monsieur, intervint Rogers, mais il n'y a pas de bateau sur l'île.

— Pas la moindre embarcation ?

— Non, monsieur.

— Comment communiquez-vous avec la côte ?

— Fred Narracott vient tous les matins, monsieur. Il apporte le pain, le lait, le courrier, et il prend les commandes.

— Dans ce cas, déclara le juge Wargrave, je propose que nous partions tous demain matin, dès que Narracott arrivera avec son bateau.

Un chœur d'approbation accueillit cette suggestion – à l'exception d'une voix discordante. Celle d'Anthony Marston, en désaccord avec la majorité :

— Pas très fair-play, non ? On devrait élucider le mystère avant de mettre les voiles. On se croirait dans un roman policier… C'est palpitant !

— Je suis arrivé à un âge, grinça le juge, où on n'a plus guère envie de « palpiter », comme vous dites.

— La vie de magistrat, ça vous racornit un homme ! badina Anthony avec un grand sourire. Moi, je suis pour le crime ! À sa santé !

Il leva son verre et le vida d'un trait.

Trop vite, peut-être. Il s'étrangla, s'étouffa. Son visage se convulsa, devint violacé. Il chercha désespérément son souffle… puis il glissa de son siège, lâchant le verre qu'il tenait à la main.

Chapitre 5

I

Ce fut si brutal, si inattendu, qu'ils en eurent tous le souffle coupé. Médusés, ils restèrent là à regarder stupidement la forme recroquevillée sur le tapis.

Enfin, le Dr Armstrong se leva d'un bond et alla s'agenouiller près du corps. Lorsqu'il releva la tête, ses yeux étaient remplis d'incrédulité.

Comme frappé de stupeur, il murmura :

— Nom de Dieu ! Il est mort.

Ils ne comprirent pas. Pas tout de suite.

Mort ? *Mort ?* Ce jeune dieu nordique éclatant de santé et de vigueur ? Terrassé en une seconde ? Les jeunes gens robustes ne mouraient pas comme ça, en s'étranglant avec un whisky…

Non, ils ne comprenaient pas.

Le Dr Armstrong examinait le visage du mort. Il renifla les lèvres bleues, distordues. Puis il ramassa le verre dans lequel Anthony Marston avait bu.

— Mort ? s'insurgea le général Macarthur. Vous voulez dire que ce garçon s'est étouffé et qu'il en est mort ?

— Étouffé… oui, si vous voulez, répondit le médecin. Ce qu'il y a de sûr, c'est qu'il est mort d'asphyxie.

Il reniflait maintenant le verre. Il trempa son doigt dans le fond de whisky et, très prudemment, le porta à sa langue.

Son expression changea.

— Je n'aurais jamais cru qu'on pouvait mourir comme ça, marmonna le général Macarthur. Rien qu'en avalant de travers !

— Au printemps de la vie, nous sommes déjà dans la mort, proféra Emily Brent d'un ton vibrant.

Le Dr Armstrong se releva.

— Non, on ne meurt pas d'avoir avalé de travers, dit-il avec brusquerie. Marston n'est pas mort de ce qu'il est convenu d'appeler une mort naturelle.

Vera demanda dans un souffle :

— Il y avait… quelque chose… dans le whisky ?

Armstrong inclina la tête :

— Oui. Quoi au juste, je n'en sais rien. Tout paraît désigner un dérivé du cyanure. Pas d'odeur d'acide prussique, donc sans doute du cyanure de potassium. Son action est foudroyante.

— Le poison était dans le verre ? s'enquit le juge d'un ton âpre.

— Oui.

Le médecin se dirigea vers la table sur laquelle se trouvaient les alcools. Il déboucha la bouteille de whisky, la renifla, la goûta. Puis il goûta l'eau de Seltz en secouant la tête.

— Rien d'anormal, dit-il.

— Vous voulez dire… qu'il aurait mis *lui-même* le poison dans son verre ? intervint Lombard.

Armstrong acquiesça, mais son visage exprimait une curieuse insatisfaction :

— Apparemment, oui.

— Un suicide, hmm ? fit Blore. Drôle de méthode.

— Qu'un homme comme *lui* se suicide, c'est inimaginable, murmura Vera d'une voix lente. Il était si débordant de vitalité. Il était… comment dire ?… Il mordait dans la vie à pleines dents ! Quand il a dévalé la colline au volant de sa voiture, tout à l'heure, il avait l'air… il avait l'air… oh, je n'arrive pas à *m'expliquer* !

Mais ils savaient ce qu'elle voulait dire. Anthony Marston, dans la plénitude de la jeunesse et de la virilité, leur avait paru immortel. Et voilà qu'il gisait maintenant sur le tapis, misérable pantin désarticulé.

— Voyez-vous une autre hypothèse que le suicide ? demanda le Dr Armstrong.

Lentement, tous secouèrent la tête. Il ne pouvait pas y avoir d'autre explication. Les bouteilles n'avaient pas été touchées. Ils avaient tous vu Anthony Marston se servir lui-même. Par conséquent, c'était forcément lui qui avait mis le cyanure dans le verre.

Seulement voilà : pourquoi Anthony Marston se serait-il suicidé ?

— Vous savez, docteur, ça ne me paraît pas net, fit Blore d'un air songeur. Si vous voulez mon avis, Marston n'était pas le gars à se suicider.

— Je suis bien d'accord, répondit Armstrong.

II

Ils en étaient restés là. Qu'auraient-ils pu ajouter ?

Armstrong et Lombard avaient transporté le corps inerte d'Anthony Marston dans sa chambre et l'avaient allongé sur le lit en le recouvrant d'un drap.

Lorsqu'ils redescendirent, ils trouvèrent les autres debout, en groupe compact – et, bien que la nuit ne fût pas fraîche, ils frissonnaient un peu.

— Nous ferions bien d'aller nous coucher, décréta Emily Brent. Il est tard.

Il était minuit passé. La suggestion était sage… et pourtant, ils hésitèrent. Comme si chacun se raccrochait à son voisin pour se rassurer.

— Oui, il faut que nous dormions, approuva le juge.

— Je n'ai pas encore débarrassé la table, dit Rogers.

— Vous le ferez demain matin, trancha Lombard.

— Comment va votre femme ? lui demanda Armstrong.

— Je vais monter voir, monsieur.

Il revint au bout de deux minutes.

— Elle dort à poings fermés, monsieur.

— Bien, dit le médecin. Ne la dérangez pas.

— Non, monsieur. Je vais juste ranger un peu dans la salle à manger et m'assurer que tout est bien fermé. Après ça, j'irai me mettre au lit.

Il traversa le hall et entra dans la salle à manger.

Les autres montèrent l'escalier en une lente et réticente procession.

Si la maison avait été une vieille demeure aux

parquets qui craquent, aux ombres menaçantes et aux épais murs lambrissés, elle aurait pu avoir quelque chose d'inquiétant. Mais cette maison-là était l'essence même de la modernité. Pas de recoins sombres... pas d'éventuelles portes dérobées... la lumière électrique inondait les lieux... tout était neuf, propre et brillant. Rien de caché, rien de secret. Une maison dépourvue de tout mystère.

Et, paradoxalement, c'était ça le plus effrayant... Sur le palier, ils se souhaitèrent une bonne nuit. Chacun entra dans sa chambre – et chacun, presque sans en avoir conscience, ferma sa porte à double tour...

III

Dans sa jolie chambre aux tons pastel, le juge Wargrave se déshabillait et se préparait à se mettre au lit.

Il pensait à Edward Seton...

Il se souvenait très bien de Seton. Ses cheveux blonds, ses yeux bleus, sa façon de vous regarder bien en face avec un air qui respirait la franchise. C'était cela qui avait fait si bonne impression sur le jury.

Llewellyn, l'avocat de la Couronne, s'y était mal pris. Il s'était montré trop véhément, avait voulu trop prouver.

Matthews en revanche – le défenseur –, avait été remarquable. Ses arguments avaient porté. Ses contre-interrogatoires avaient été meurtriers. Lorsque son client était venu témoigner à la barre, il l'avait manœuvré de main de maître.

Et Seton s'était bien sorti de l'épreuve du contre-interrogatoire. Il n'avait manifesté ni agitation ni impétuosité excessive. Le jury en avait été impressionné. Sans doute Matthews, à ce moment-là, avait-il eu le sentiment que le plus dur était fait.

Le juge remonta soigneusement sa montre et la posa sur la table de chevet.

Il se rappelait avec exactitude ce qu'il avait éprouvé pendant qu'il siégeait, écoutant, prenant des notes, soupesant les témoignages, répertoriant les moindres indices qui plaidaient contre l'accusé.

Passionnant, ce procès ! La plaidoirie de Matthews avait été de tout premier ordre. Llewellyn, venant après, n'était pas parvenu à effacer la bonne impression produite par l'avocat de la défense.

Ensuite, ç'avait été à lui de prendre la parole pour formuler ses conclusions…

Avec précaution, le juge Wargrave ôta son dentier et le mit dans un verre d'eau. Ses lèvres ridées se rétractèrent. Sa bouche prit un pli cruel – prédateur et cruel.

Fermant à demi les paupières, le juge sourit intérieurement.

Il lui avait bien réglé son compte, à Seton !

Avec un grognement de rhumatisant, il se mit au lit et éteignit la lampe de chevet.

IV

En bas, dans la salle à manger, Rogers était perplexe.

Sourcils froncés, il regardait les figurines de porcelaine, au centre de la table.

— Ça, c'est un peu fort ! marmonna-t-il à part lui. J'aurais pourtant juré qu'il y en avait dix.

V

Le général Macarthur se tournait et se retournait dans son lit.

Il n'arrivait pas à trouver le sommeil.

Dans le noir, il voyait le visage d'Arthur Richmond.

Il avait eu de l'affection pour Arthur – une sacrée affection, même. Et il avait été content de voir que Leslie l'aimait bien aussi.

Leslie était si capricieuse… Le nombre de braves garçons qu'elle avait pu toiser avec dédain et décréter assommants. « Il est assommant ! » Point final.

Mais Arthur Richmond, elle ne l'avait pas trouvé assommant. Dès le début, ils s'étaient bien entendus. Ils discutaient ensemble théâtre, musique, cinéma. Elle le taquinait, se moquait de lui, le mettait en boîte. Et lui, Macarthur, était ravi que Leslie porte à ce grand gosse un intérêt maternel.

Maternel, tu parles ! Quel imbécile d'avoir oublié que Richmond avait vingt-huit ans et Leslie vingt-neuf.

Il l'avait aimée, Leslie. Il la revoyait, avec son visage en forme de cœur, ses yeux gris profonds et changeants, la masse brune de ses cheveux bouclés. Il avait aimé Leslie, en qui il avait alors une confiance absolue.

Là-bas, en France, dans l'enfer de la guerre, il pensait sans cesse à elle, sortait sa photo de la poche-poitrine de sa vareuse.

Et puis… il avait découvert le pot aux roses !

Ça s'était passé exactement comme dans les romans. Une erreur d'enveloppe. Elle leur avait écrit à tous les deux, et elle avait mis la lettre destinée à Richmond dans l'enveloppe adressée à son mari. Aujourd'hui encore, après tant d'années, il ressentait le choc… la douleur…

Bon Dieu, ça avait fait mal !

Et leur liaison durait depuis un certain temps. La lettre ne laissait aucun doute sur ce point. Des week-ends ensemble ! La dernière permission de Richmond…

Leslie… Leslie et Arthur !

Le salopard ! Avec sa bouille souriante, ses « Oui, mon général » empressés ! Un menteur, voilà ce que c'était, un hypocrite ! Un voleur d'épouses ! Ça avait mûri lentement… une rage froide, meurtrière.

Il avait réussi à se comporter comme d'habitude… à ne rien laisser paraître. Il s'était efforcé de ne rien changer à son attitude envers Richmond.

Y était-il parvenu ? Il le pensait. Richmond n'avait rien soupçonné. Les sautes d'humeur étaient monnaie courante à la guerre, où les nerfs des hommes étaient soumis à rude épreuve.

Seul le jeune Armitage l'avait regardé une ou deux fois d'un air bizarre. Un jeunot, oui, mais il avait de l'intuition, ce garçon.

Peut-être Armitage avait-il deviné… quand l'heure avait sonné.

Il avait délibérément envoyé Richmond à la mort. Seul un miracle lui aurait permis de revenir indemne. Le miracle ne s'était pas produit. Oui, il avait envoyé Richmond à la mort et il ne regrettait rien. Ça n'avait pas été bien difficile. Des erreurs de ce genre, des officiers qu'on envoyait au casse-pipe sans nécessité, ça arrivait tout le temps. On vivait dans la confusion, la panique. Plus tard, il se trouverait peut-être des gens pour dire : « Le vieux Macarthur a un peu perdu les pédales, il a commis quelques bourdes colossales et sacrifié certains de ses meilleurs hommes. » Mais ça n'irait pas plus loin.

Seulement pour le jeune Armitage, c'était différent. Il avait regardé son supérieur d'un drôle d'air. Peut-être avait-il compris qu'on envoyait froidement Richmond se faire tuer.

(À la fin de la guerre, Armitage avait-il parlé ?)

Leslie n'avait rien su. Elle avait pleuré son amant – du moins le supposait-il – mais, au retour de son mari en Angleterre, elle avait déjà cessé de pleurer. Il ne lui avait jamais dit qu'il avait découvert son infidélité. Ils avaient repris la vie commune – mais, curieusement, Leslie ne lui avait plus semblé très réelle. Et puis, trois ou quatre ans plus tard, une double pneumonie l'avait emportée.

Cela remontait à bien longtemps. Quinze... seize ans ?

Il avait alors quitté l'armée pour venir s'installer dans le Devon, où il avait acheté le genre de petite bicoque dont il avait toujours eu envie. Des voisins sympathiques – un joli coin. On pouvait y chasser et y pêcher. Le dimanche, il allait au temple. (Sauf le jour où on lisait le texte dans lequel David ordonne qu'on envoie Urie au plus fort de la bataille. Celui-là, il n'avait pas le courage de l'écouter. Ça lui donnait un sentiment de malaise.)

Tout le monde s'était montré charmant. Du moins, au début. Par la suite, il avait eu l'impression pénible qu'on chuchotait dans son dos. On le regardait d'un œil différent. Comme si on avait entendu des racontars... une rumeur mensongère...

(Armitage ? Et si Armitage avait parlé ?)

À partir de ce moment-là, il s'était mis à éviter les gens, il s'était replié sur lui-même. Désagréable de sentir qu'on déblatère sur votre compte.

C'était si vieux, tout ça. Si... si vain, aujourd'hui. Le souvenir de Leslie s'était estompé, celui d'Arthur Richmond aussi. Rien de ce qui s'était passé n'avait plus guère d'importance.

N'empêche, ça lui rendait la vie bien solitaire. Il en était arrivé à fuir ses vieux camarades de régiment.

(Si Armitage avait parlé, ils devaient être au courant.)

Et voilà que, ce soir, une voix avait claironné cette vieille histoire cachée.

Avait-il bien réagi ? Gardé son flegme ? Manifesté

les sentiments qui convenaient : indignation, dégoût… sans prendre l'air coupable ni embarrassé ? Difficile à dire.

Personne n'avait pu prendre cette accusation au sérieux. La voix avait débité un tas d'autres inepties tout aussi abracadabrantes. Cette jeune femme charmante… accusée d'avoir noyé un enfant ! Grotesque ! Lubie de déséquilibré lançant des accusations à tort et à travers !

Et Emily Brent… une nièce du vieux Tom Brent, son copain de régiment. La voix l'avait accusée de meurtre. *Elle !* Alors qu'un aveugle se serait rendu compte que cette vieille fille était confite en dévotion… le type même de la grenouille de bénitier.

Fichtrement bizarre, toute cette histoire ! Cinglée, pour ne pas dire plus.

Depuis leur arrivée sur cette île… quand était-ce, déjà ? Crénom, cet après-midi seulement ! Ça semblait faire drôlement plus longtemps.

« Je me demande quand nous réussirons à repartir », pensa-t-il.

Demain, bien sûr, quand le canot à moteur arriverait.

Curieux. Tout d'un coup, il n'avait plus très envie de quitter l'île… de retrouver la côte, sa petite maison, ses ennuis et ses soucis. Par la fenêtre ouverte, il entendait les vagues se briser sur les rochers, un peu plus fort qu'en début de soirée. Et le vent se levait.

« Quel bruit paisible…, pensa-t-il. Quel havre de paix… »

Il se dit encore :

« L'avantage d'une île, c'est qu'une fois qu'on y est,

on ne peut pas aller plus loin… on est arrivé au bout de tout… »

Soudain, il comprit qu'il ne voulait plus quitter l'île.

VI

Allongée dans son lit, les yeux grands ouverts, Vera Claythorne contemplait le plafond.

Sa lampe de chevet était allumée. Elle avait peur de l'obscurité.

« Hugo… Hugo…, pensait-elle, comment se fait-il que je te sente si près de moi ce soir ?… Tout près, là, quelque part…

» Où est-il, en réalité ? Je n'en sais rien. Je ne le saurai jamais. Il est sorti de ma vie sans se retourner. »

Inutile d'essayer de ne pas penser à Hugo. Il était près d'elle. Vera était *forcée* de penser à lui – de se souvenir…

Les Cornouailles…

Les rochers noirs, le sable doré, si doux au toucher. Mme Hamilton, rondelette et joviale. Cyril, toujours un peu geignard, qui la tirait par la main :

— *Je veux nager jusqu'au rocher, mademoiselle Claythorne ! Pourquoi je peux pas nager jusqu'au rocher ?*

Elle levait la tête, croisait le regard de Hugo fixé sur elle.

Les soirées, une fois que Cyril était couché…

— *Venez faire un tour, mademoiselle Claythorne.*

— *Je ne dis pas non.*

La promenade en tout bien tout honneur jusqu'à la plage. Le clair de lune… la brise de l'Atlantique.

Et soudain, les bras de Hugo autour d'elle.

— *Je vous aime. Je vous aime. Vous savez que je vous aime, Vera?*

Oui, elle le savait. (Ou croyait le savoir.)

— *Je ne peux pas vous demander de m'épouser. Je n'ai pas un sou. Tout juste de quoi subvenir à mes besoins. C'est bizarre, vous savez : pendant trois mois de ma vie, j'ai bien cru avoir une chance de devenir riche. Cyril est né seulement trois mois après la mort de Maurice. Si ç'avait été une fille…*

Si l'enfant avait été une fille, Hugo aurait hérité de tout. Il avait été déçu, il le reconnaissait volontiers.

— *Je n'y comptais pas trop, bien sûr, mais ça m'a quand même fichu un coup. Enfin bon, c'est la vie ! Cyril est un brave gosse. J'ai une énorme tendresse pour lui.*

Et c'était vrai. Il était toujours prêt à jouer avec son neveu, à le distraire. Hugo n'était pas d'un naturel rancunier.

Cyril n'était pas très robuste. C'était un enfant malingre… dépourvu de tonus. Le genre d'enfant, peut-être, qui n'était pas destiné à vivre longtemps…

Auquel cas…

— *Mademoiselle Claythorne, pourquoi je peux pas nager jusqu'au rocher ?*

Refrain geignard, exaspérant.

— *C'est trop loin, Cyril.*

— *Oh, mademoiselle Claythorne...*

Vera se leva, prit le tube d'aspirine sur la coiffeuse et avala trois comprimés.

« J'aimerais bien avoir un somnifère digne de ce nom ! » se dit-elle.

Elle pensa encore :

« Moi, si je devais mettre fin à mes jours, je prendrais du véronal – quelque chose dans ce genre-là –, mais certainement pas du cyanure ! »

Elle frissonna au souvenir du visage violacé, convulsé, d'Anthony Marston.

En passant devant la cheminée, elle leva les yeux vers la comptine accrochée au mur.

Dix p'tits soldats s'en furent souper,
L'un d'eux but à s'en étouffer
– n'en resta plus que neuf.

« C'est horrible. *Exactement comme ce soir...* », songea-t-elle.

Pourquoi Anthony Marston avait-il voulu mourir ?

Elle, en tout cas, elle ne voulait pas mourir.

Elle n'imaginait pas qu'on puisse avoir envie de mourir...

La mort, c'était... pour les autres.

Chapitre 6

I

Le Dr Armstrong rêvait…

Il faisait très chaud dans la salle d'opération…

Pas possible, ils avaient mal réglé le thermostat ! La sueur dégoulinait sur son visage. Ses paumes étaient moites. Pas commode de tenir le bistouri d'une main ferme…

Superbement aiguisée, cette lame…

Facile de commettre un meurtre avec un instrument pareil. D'ailleurs, il *commettait* un meurtre…

Le corps de la femme paraissait différent. À l'époque, ç'avait été un corps massif, difficile à manier. Celui-ci était squelettique. Et le visage était caché.

Qui donc devait-il tuer ?

Il n'arrivait pas à s'en souvenir. Pourtant, il *fallait* qu'il le sache ! S'il demandait à l'infirmière ?

L'infirmière l'observait. Non, il ne pouvait pas lui poser la question. Elle était soupçonneuse, ça se voyait.

Mais qui était sur le billard ?

On n'aurait pas dû lui couvrir ainsi le visage... Si seulement il pouvait le voir, ce visage...

Ah ! Ça allait mieux. Une jeune interne venait d'ôter le mouchoir.

Emily Brent. Bien sûr ! C'était Emily Brent qu'il devait tuer. Quelle méchanceté dans son regard ! Ses lèvres remuaient. Que disait-elle ?

« *Au printemps de la vie nous sommes déjà dans la mort...* »

Elle riait, à présent. Non, mademoiselle, ne remettez pas le mouchoir ! Il faut que j'y voie. Il faut que je fasse l'anesthésie. Où est l'éther ? J'ai dû l'apporter avec moi. Qu'avez-vous fait de l'éther, mademoiselle... ? Du châteauneuf-du-pape ? Oui, cela fera aussi bien l'affaire.

Retirez le mouchoir, mademoiselle. Évidemment ! Je le savais depuis le début ! *C'est Anthony Marston !* Il a le visage violacé, convulsé. Mais il n'est pas mort... il rit. Je vous dis qu'il rit ! Il en fait trembler la table d'opération.

Du calme, mon vieux, du calme. Mademoiselle, calez la table... calez-la...

Le Dr Armstrong se réveilla en sursaut. Il faisait jour. Le soleil inondait sa chambre.

Et quelqu'un était penché sur lui... le secouait. C'était Rogers. Rogers, blême, qui disait :

— Docteur... docteur !

Le Dr Armstrong se réveilla tout à fait.

Il se mit sur son séant :

— Qu'y a-t-il ?

— C’est ma femme, docteur. *Je n’arrive pas à la réveiller.* Seigneur ! Je n’arrive pas à la réveiller. Et elle… elle ne m’a pas l’air bien.

Le Dr Armstrong fut rapide et efficace. Il se drapa dans sa robe de chambre et suivit Rogers.

Il se pencha sur le lit où la domestique était paisiblement couchée sur le côté. Il toucha une main froide, souleva une paupière. Au bout d’un instant, il se redressa et se détourna du lit.

Rogers humecta ses lèvres sèches :

— Est-ce que… est-ce qu’elle est… ?

Armstrong inclina la tête :

— Oui, c’est fini.

Ses yeux examinèrent pensivement l’homme debout devant lui. Puis ils se posèrent tour à tour sur la table de chevet, sur le lavabo et sur la femme qui dormait de son dernier sommeil.

— Est-ce que… c’est son cœur, docteur ? balbutia Rogers.

Le Dr Armstrong ne répondit pas tout de suite.

— Elle était en bonne santé, habituellement ? demanda-t-il enfin.

— Il y avait bien ses rhumatismes qui la faisaient un peu souffrir, mais…

— Elle était suivie par un médecin, ces derniers temps ?

— Un médecin ? répéta Rogers, interloqué. Ça fait des années qu’on n’a pas vu de médecin… ni elle ni moi.

— Vous n’avez aucune raison de croire qu’elle souffrait de troubles cardiaques ?

— Non, docteur, pas à ma connaissance.

— Son sommeil était bon ?

Cette fois, Rogers évita le regard du médecin. Il joignit les mains et les tordit nerveusement.

— Elle ne dormait pas tellement bien, non, marmonna-t-il.

— Elle prenait quelque chose pour dormir ? s'enquit le médecin d'un ton vif.

Rogers le regarda, surpris :

— Quelque chose ? Pour dormir ? Pas que je sache. Non, je suis sûr que non.

Armstrong s'approcha du lavabo.

Un certain nombre de flacons étaient alignés sur la tablette : lotion capillaire, eau de lavande, pommade astringente, crème de concombre pour les mains, bain de bouche, pâte dentifrice et pastilles digestives.

Rogers l'aida en ouvrant les tiroirs de la coiffeuse. De là, ils passèrent tous deux à la commode. Ils ne trouvèrent pas trace de somnifères, ni en gouttes ni en comprimés.

— Elle n'a rien pris hier soir, docteur, dit Rogers, à part ce que vous lui avez donné…

II

Quand, à 9 heures, le gong annonça le petit déjeuner, tout le monde était déjà levé et attendait le signal.

Le général Macarthur et le juge faisaient les cent pas

sur la terrasse en échangeant des propos décousus sur la situation politique.

Vera Claythorne et Philip Lombard étaient montés au sommet de l'île, derrière la maison. Ils y avaient trouvé William Henry Blore, occupé à scruter la côte.

— Toujours pas de canot à moteur en vue, leur dit-il. Ça fait pourtant un moment que je le guette.

— Le Devon est une région assoupie, dit Vera en souriant. Ici, tout a du retard.

Philip Lombard regardait de l'autre côté, en direction du large.

— Que pensez-vous du temps ? demanda-t-il brusquement.

Blore jeta un coup d'œil vers le ciel :

— Il m'a l'air au beau fixe.

Lombard émit un petit sifflement :

— Le vent va se lever avant la fin de la journée.

— Une tempête, hmm ? fit Blore.

D'en bas leur parvint le coup de gong.

— Le petit déjeuner ? dit Philip Lombard. Ma foi, je n'ai rien contre.

Tandis qu'ils descendaient le raidillon, Blore s'adressa à Lombard d'une voix soucieuse :

— Vous savez, ça me dépasse... Pourquoi ce garçon aurait-il voulu se supprimer ? Ça m'a turlupiné toute la nuit.

Vera marchait en tête. Lombard ralentit un peu le pas :

— Vous avez une autre théorie ?

— Il me faudrait une preuve. Et un mobile, pour commencer. À mon avis, ce type était plein aux as.

Emily Brent sortit par la porte-fenêtre du salon et vint à leur rencontre.

— Le bateau arrive ? demanda-t-elle, un peu tendue.

— Pas encore, répondit Vera.

Ils entrèrent dans la salle à manger. Du thé, du café et un grand plat d'œufs au bacon les attendaient sur la desserte.

Rogers s'effaça pour les laisser passer, puis sortit en fermant la porte.

— Cet homme n'a pas l'air dans son assiette ce matin, déclara Emily Brent.

Le Dr Armstrong, qui se tenait près de la fenêtre, se racla la gorge :

— Il vous faudra excuser… euh… les éventuelles imperfections du service. Rogers a fait de son mieux pour préparer tout seul le petit déjeuner. Mme Rogers… euh… n'a pas été en mesure de s'en charger ce matin.

— Qu'a-t-elle donc encore ? s'enquit Emily Brent d'un ton acide.

— Mettons-nous à table, les œufs vont refroidir, éluda le Dr Armstrong. Après le petit déjeuner, il y a plusieurs questions que je voudrais aborder avec vous.

Ils comprirent à demi-mot. On remplit les assiettes, on servit le thé et le café. Le repas commença.

D'un commun accord, toute allusion à l'île fut proscrite. Ils discutèrent à bâtons rompus de l'actualité : nouvelles de l'étranger, exploits sportifs, dernière apparition en date du monstre du Loch Ness.

Puis, une fois la table desservie, le Dr Armstrong recula un peu sa chaise, toussota d'un air solennel et prit la parole :

— J'ai préféré attendre la fin du petit déjeuner pour vous annoncer la triste nouvelle. Mme Rogers est morte dans son sommeil.

Des exclamations effarées, stupéfaites, fusèrent de toutes parts.

— Quelle horreur ! s'exclama Vera. Deux morts sur cette île depuis notre arrivée !

Les yeux mi-clos, le juge Wargrave intervint de sa petite voix précise :

— Hum… très extraordinaire… De quoi est-elle morte ?

Armstrong haussa les épaules :

— Impossible à dire comme ça.

— Il faudra une autopsie ?

— Je ne m'aviserais certes pas de délivrer un permis d'inhumer. J'ignore totalement quel était l'état de santé de cette femme.

— Elle avait l'air très nerveuse, dit Vera. Et elle a subi un choc hier soir. Il s'agit d'un arrêt du cœur, j'imagine ?

— Son cœur s'est assurément arrêté de battre, répliqua le Dr Armstrong d'un ton pince-sans-rire. Mais pour quelle raison, c'est toute la question.

Deux mots tombèrent des lèvres d'Emily Brent. Ils tombèrent, tel un couperet, au milieu du groupe attentif :

— Le remords !

Armstrong se tourna vers elle :

— Qu'entendez-vous au juste par là, mademoiselle Brent ?

— Vous avez tous entendu, répondit Emily Brent,

la bouche dure et pincée. Elle a été accusée, avec son mari, d'avoir délibérément empoisonné sa précédente patronne – une personne âgée.

— Et vous pensez… ?

— Je pense que cette accusation était fondée. Vous l'avez tous vue, hier soir. Ses nerfs ont lâché et elle s'est évanouie. Confrontée à son crime, elle n'a pas supporté le choc. Elle est littéralement morte de peur.

Le Dr Armstrong secoua la tête, sceptique :

— C'est une hypothèse, dit-il. On ne peut cependant l'adopter avant d'en savoir davantage sur son état de santé. Si elle souffrait d'une insuffisance cardiaque…

— Appelez cela le doigt de Dieu, si vous préférez, déclara posément Emily Brent.

Tous parurent choqués. M. Blore protesta, mal à l'aise :

— Là, mademoiselle Brent, vous y allez un peu fort !

Elle les toisa, l'œil brillant, le menton levé :

— Vous estimez donc impossible qu'un pécheur soit foudroyé par le courroux divin ? Pas moi !

Le juge se caressa la joue. D'une voix teintée d'ironie, il murmura :

— Chère mademoiselle, si j'en crois mon expérience, c'est à nous autres mortels que la Providence laisse le soin de condamner et de châtier les coupables – et c'est un long cheminement semé d'embûches. Il n'y a pas de raccourcis.

Emily Brent haussa les épaules.

— Qu'a-t-elle mangé et bu hier soir après être montée se coucher ? demanda soudain Blore.

— Rien, répondit Armstrong.

— Rien du tout ? Même pas une tasse de thé ? Un verre d'eau ? Je vous parie qu'elle a pris une tasse de thé. C'est une manie, chez ces gens-là.

— Rogers affirme qu'elle n'a rigoureusement rien avalé.

— Ça, fit Blore, c'est *lui* qui le dit !

Son ton était si lourd de sous-entendus que le médecin lui lança un regard acéré.

— C'est donc ça votre idée ? interrogea Lombard.

— Et pourquoi pas ? répliqua Blore, agressif. Nous avons tous entendu l'accusation portée contre eux hier soir. Ce n'est peut-être qu'un vaste bobard – du délire pur et simple ! Mais d'un autre côté, peut-être pas. Admettons pour l'instant que ce soit vrai. Rogers et sa bourgeoise ont liquidé la vieille dame. Qu'est-ce que ça nous donne ? Nos deux lascars se sentaient bien tranquilles, ravis de leur coup…

Vera l'interrompit.

— Non, dit-elle à voix basse, je ne pense pas que Mme Rogers se soit jamais sentie tranquille.

Blore parut un peu contrarié par cette intervention. « Ça, c'est bien les femmes ! » disait son regard.

— Simple supposition, reprit-il. En tout cas, à leur connaissance, ils ne couraient aucun danger. Et puis voilà que, hier soir, une espèce de cinglé anonyme crache le morceau. Que se passe-t-il ? La femme craque… tombe dans les pommes. Rappelez-vous comme son mari était aux petits soins quand elle a repris connaissance. Ce n'était pas uniquement de la sollicitude conjugale ! Jamais de la vie ! Il était sur les charbons ardents. Vert de peur à l'idée de ce qu'elle pourrait dire.

» Et voilà, vous avez le topo ! Ils ont commis un meurtre en toute impunité. Mais si l'affaire est déterrée, qu'est-ce qui risque d'arriver ? Dix contre un que la femme se mettra à table. Elle n'aura pas le cran de faire face et de tout nier en bloc. Vivante, elle représente une menace permanente pour son mari. Lui, par contre, il est coriace. *Lui*, il mentira sans vergogne jusqu'à la fin des temps – mais il ne peut pas être sûr d'*elle* ! Et si *elle* passe aux aveux, il risque la corde ! Alors il verse une substance quelconque dans son thé, histoire de la faire taire une fois pour toutes.

— Il n'y avait pas de tasse vide sur la table de chevet, objecta Armstrong. Rien du tout. J'ai regardé.

— Évidemment qu'il n'y avait rien ! ricana Blore. Vous pensez bien qu'il aura pris soin de laver à fond la tasse et la soucoupe après usage.

Il y eut un silence. Puis le général Macarthur déclara, sceptique :

— C'est possible, bien sûr. Mais j'ai peine à imaginer qu'un homme puisse faire ça… à sa femme.

Blore lâcha un rire bref :

— Quand un homme craint pour sa peau, il ne fait pas trop de sentiment.

Nouveau silence. Avant que quelqu'un ait pu prendre la parole, la porte s'ouvrit et Rogers entra.

— Désirez-vous autre chose ? s'enquit-il en les regardant tour à tour.

Le juge Wargrave se trémoussa un peu sur sa chaise.

— À quelle heure le bateau arrive-t-il, d'habitude ?

— Entre 7 et 8 heures, monsieur. Parfois un peu plus tard. Je ne sais pas ce que fabrique Fred Narracott ce matin. S'il était malade, il aurait envoyé son frère.

— Quelle heure est-il ? demanda Philip Lombard.

— 10 heures moins 10, monsieur.

Lombard haussa les sourcils. Lentement, il hocha la tête.

Rogers attendit.

Soudain, le général Macarthur lança d'une voix tonitruante :

— Navré pour votre femme, Rogers ! Le docteur vient de nous annoncer la nouvelle.

Rogers inclina la tête :

— Oui, monsieur. Je vous remercie, monsieur.

Il sortit, emportant le plat de bacon vide.

Le silence retomba.

III

Dehors, sur la terrasse, Philip Lombard dit à Blore :

— À propos de ce canot…

Blore le regarda.

— Je sais ce que vous pensez, monsieur Lombard, fit-il en hochant la tête. Je me suis posé la même question. Le canot devrait être ici depuis près de deux heures. Il n'est pas venu. Pourquoi ?

— Vous avez trouvé la réponse ? demanda Lombard.

— *Ce n'est pas un hasard*, voilà mon opinion. Ça fait partie du plan d'ensemble. Tout est lié.

— Il ne viendra pas, vous croyez ?

Derrière Philip Lombard, une voix s'éleva – une voix agacée, impatiente :

— Inutile de l'attendre, ce canot !

Tournant légèrement ses épaules carrées, Blore observa d'un air songeur celui qui venait de parler :

— C'est aussi votre avis, mon général ?

— Évidemment, qu'il ne viendra pas ! grommela le général Macarthur. Nous comptons sur ce bateau pour quitter l'île. Tout est là, précisément. *Nous n'allons pas quitter l'île...* Aucun de nous ne partira d'ici… C'est là fin, voyez-vous – la fin de tout…

Il hésita avant d'ajouter d'une voix grave, étrange :

— C'est ça, la paix… la vraie paix. Arriver à la fin de tout… ne pas avoir à continuer… Oui, la paix…

Il se détourna brusquement et s'éloigna. Longeant la terrasse, il s'engagea en diagonale dans la pente qui descendait doucement vers la mer et se dirigea vers l'extrémité de l'île, où des rochers isolés émergeaient de l'eau.

Il marchait d'un pas incertain, comme un homme à moitié endormi.

— En voilà encore un qui déraille ! commenta Blore. Ça m'a l'air bien parti pour qu'on prenne tous le même chemin.

— Pas *vous*, Blore, ça m'étonnerait, dit Philip Lombard.

L'ex-inspecteur s'esclaffa :

— Il en faudrait beaucoup pour me faire perdre les pédales !

Il ajouta, pince-sans-rire :

— Je ne vous vois pas non plus prendre ce chemin-là, monsieur Lombard.

— Je me sens parfaitement sain d'esprit pour l'instant, je vous remercie, déclara Philip Lombard.

IV

Arrivé sur la terrasse, le Dr Armstrong hésita. À sa gauche se tenaient Blore et Lombard. À sa droite, Wargrave, tête baissée, faisait lentement les cent pas.

Après un moment d'indécision, Armstrong se dirigea vers ce dernier.

Mais à cet instant précis, Rogers sortit rapidement de la maison :

— Pourrais-je vous dire un mot, monsieur, je vous prie ?

Armstrong se retourna.

Ce qu'il vit lui donna un haut-le-corps.

Le visage de Rogers tressaillait. Son teint plombé tirait sur le verdâtre. Ses mains tremblaient.

Cela formait un tel contraste avec son attitude réservée de tout à l'heure que le Dr Armstrong en fut stupéfait.

— S'il vous plaît, monsieur, je voudrais vous dire un mot. À l'intérieur, monsieur.

Faisant demi-tour, le médecin regagna la maison avec le domestique affolé.

— Que se passe-t-il, mon vieux ? Remettez-vous.

— Par ici, monsieur, venez par ici.

Il ouvrit la porte de la salle à manger. Le médecin y entra, suivi de Rogers qui referma la porte derrière lui.

— Eh bien, s'enquit Armstrong, qu'est-ce qui vous arrive ?

Rogers avait la gorge contractée. Il déglutit avec peine et bredouilla :

— Il se passe des choses que je ne comprends pas, monsieur.

— Des choses ? Quelles choses ? interrogea Armstrong.

— Vous allez croire que je suis fou, monsieur. Vous allez me dire que ce n'est rien. Mais il faut trouver une explication, monsieur. Il faut trouver une explication. Parce que ça n'a pas de sens.

— Si vous me disiez de quoi il s'agit, mon vieux ? Cessez de parler par énigmes.

Rogers avala de nouveau sa salive :

— Il s'agit des petits personnages, monsieur. Au milieu de la table. Les petits soldats en porcelaine. Dix, il y en avait. Dix, je suis prêt à le jurer.

— En effet, dix, confirma Armstrong. Nous les avons comptés hier soir au dîner.

Rogers se rapprocha de lui :

— C'est justement ça, monsieur. Hier soir, quand j'ai débarrassé la table, il n'y en avait plus que neuf. Sur le moment, j'ai trouvé ça bizarre, sans plus. Et puis ce matin, monsieur… Je ne m'en suis pas aperçu quand j'ai mis le couvert du petit déjeuner. J'étais bouleversé, vous comprenez. Mais à l'instant, monsieur, quand je suis venu desservir… regardez par vous-même si vous ne me croyez pas. *Il n'y en a plus que huit, monsieur !* Plus que huit ! Ça n'a pas de sens, dites ? *Plus que huit...*

Chapitre 7

I

Après le petit déjeuner, Emily Brent avait proposé à Vera Claythorne de retourner au sommet de l'île pour guetter le bateau. Vera avait accepté. Le vent avait fraîchi. De petites crêtes blanches apparaissaient sur la mer. Aucun bateau de pêche en vue – et pas trace de canot à moteur.

On ne voyait pas Sticklehaven, mais seulement la colline qui dominait le village ; un éperon de roche rouge dissimulait la petite baie.

— L'homme qui nous a amenés hier avait l'air digne de confiance, commenta Emily Brent. C'est quand même bizarre qu'il ait tellement de retard ce matin.

Vera ne répondit pas. Elle luttait contre un sentiment de panique grandissant.

« Garde ton sang-froid, se morigéna-t-elle. Cela ne te ressemble pas. Tu as toujours eu les nerfs solides. »

Au bout d'une minute, elle dit tout haut :

— Je donnerais cher pour qu'il arrive. Je… j'ai envie de partir d'ici.

— Comme nous tous, croyez-le bien, répliqua Emily Brent d'un ton sec.

— Tout cela est tellement extravagant..., murmura Vera. Tellement... tellement incompréhensible...

— Je m'en veux beaucoup de m'être laissé berner si facilement, déclara avec dépit la vieille demoiselle. Cette lettre est absurde, quand on y regarde de près. Mais sur le moment, le doute ne m'a pas effleurée – pas un instant.

— Non, bien sûr, dit machinalement Vera.

— On ne se méfie jamais assez, dit Emily Brent.

Vera émit un long soupir chevrotant :

— Pensez-vous vraiment... ce que vous avez dit au petit déjeuner ?

— Soyez un peu plus précise, ma chère. De quoi parlez-vous, exactement ?

— Pensez-vous vraiment que Rogers et sa femme aient éliminé cette vieille dame ? fit Vera à voix basse.

Emily Brent s'absorba dans la contemplation de la mer. Au bout d'un moment, elle répondit :

— Personnellement, j'en suis convaincue. Et vous, qu'en pensez-vous ?

— Je ne sais qu'en penser.

— Tout conforte cette hypothèse, fit valoir Emily Brent. L'évanouissement de Mme Rogers. Son mari qui laisse tomber le plateau du café, rappelez-vous. Quant aux explications qu'il a fournies, elles sonnaient faux. Oh ! oui, je crains fort qu'ils ne soient coupables.

— Elle donnait l'impression... d'avoir peur de son ombre ! murmura Vera. Je n'avais jamais vu une

femme aussi effrayée… Elle devait être hantée par son crime…

— Je me souviens d'une phrase de la Bible qui était accrochée dans ma chambre, quand j'étais petite, déclara Mlle Brent. « *Sache que ton péché te rattrapera.* » C'est très vrai. « *Sache que ton péché te rattrapera.* »

Vera se releva avec peine.

— Mais alors, mademoiselle Brent… dans ce cas…

— Oui, ma chère ?

— Les autres ? Qu'en est-il des autres ?

— Je ne vous suis pas bien.

— Toutes les autres accusations… elles étaient donc fausses, *elles* ? Pourtant, si c'était vrai pour les Rogers…

Elle s'interrompit, incapable d'exprimer clairement ses pensées chaotiques.

Emily Brent, qui avait froncé les sourcils, perdit soudain son air perplexe.

— Ah ! je vous comprends, maintenant. Eh bien… prenons ce M. Lombard. Il reconnaît avoir abandonné vingt hommes à une mort certaine.

— Ce n'étaient que des indigènes…

— Noirs ou blancs, ce sont nos frères ! répliqua Emily Brent d'un ton vif.

« Nos frères noirs… nos frères noirs…, pensa Vera. Seigneur, je vais piquer un fou rire ! Je suis hystérique. Je ne suis pas dans mon état normal… »

Songeuse, Emily Brent poursuivit :

— Remarquez, certaines des accusations étaient extravagantes, voire ridicules. Celle concernant le juge, par exemple, qui faisait simplement son devoir dans l'exercice de ses fonctions. Même chose pour l'ancien policier de Scotland Yard. Et pour moi.

Elle s'interrompit un instant avant de reprendre :

— Naturellement, compte tenu des circonstances, je n'ai pas voulu m'expliquer hier soir. Ce n'était pas un sujet à débattre en présence de ces messieurs.

— Non ?

Vera écoutait avec intérêt. Sereine, Mlle Brent enchaîna :

— Beatrice Taylor était à mon service. *Ce n'était pas une fille convenable* – mais ça, je m'en suis aperçue trop tard. Je m'étais complètement laissé abuser. Elle avait de bonnes manières, était très propre et pleine de bonne volonté. J'étais très contente d'elle. En réalité, tout cela n'était que pure hypocrisie ! C'était une fille perdue, dénuée de tout sens moral. Obscène ! Au bout de quelque temps, j'ai découvert qu'elle était « dans une situation intéressante », comme on dit. (Elle s'interrompit, fronçant avec dégoût son nez délicat.) Ce fut pour moi un grand choc. D'autant que ses parents étaient des gens bien, qui lui avaient donné une éducation très stricte. Je suis heureuse de pouvoir dire qu'ils ne lui ont pas pardonné sa conduite.

Les yeux rivés sur Mlle Brent, Vera demanda :

— Que s'est-il passé ?

— Vous pensez bien que je ne l'ai pas gardée une heure de plus sous mon toit. Personne ne pourra me reprocher d'avoir cautionné l'immoralité.

D'une voix plus basse, Vera insista :

— Que s'est-il passé… pour elle ?

— Cette créature débauchée, non contente d'avoir un péché sur la conscience, en a commis un autre, plus grave encore. Elle a mis fin à ses jours.

— Elle s'est suicidée ? chuchota Vera, frappée d'horreur.

— Oui. Elle s'est jetée dans la rivière.

Vera frissonna.

Elle observa le profil calme et délicat de Mlle Brent.

— Quelle a été votre réaction quand vous l'avez appris ? demanda-t-elle. Vous n'avez pas eu de regrets ? Vous ne vous êtes pas sentie responsable ?

Emily Brent se redressa :

— Moi ? Je n'avais rien à me reprocher.

— Mais si c'est votre… intransigeance… qui l'a poussée à cette extrémité ?

Emily Brent repartit d'un ton sec :

— Ce qui l'y a poussée, c'est son inconduite… son péché. Si elle s'était comportée en jeune fille convenable et réservée, rien de tout cela ne serait arrivé.

Elle se tourna face à Vera. Ses yeux n'exprimaient aucun trouble, aucun remords. Ils étaient durs et sans merci. Emily Brent siégeait au sommet de l'île du Soldat, engoncée dans son armure de vertu.

À présent, Vera ne trouvait plus du tout la vieille demoiselle vaguement ridicule.

Soudain, elle la trouvait… monstrueuse.

II

Le Dr Armstrong sortit de la salle à manger et retourna sur la terrasse.

Assis dans un fauteuil, le juge contemplait la mer avec placidité.

Un peu à l'écart, sur la gauche, Lombard et Blore fumaient en silence.

Comme précédemment, le médecin hésita un instant. Il jaugea du regard le juge Wargrave. Il voulait avoir l'avis de quelqu'un.

Il n'ignorait pas que le juge possédait un esprit aiguisé et logique. Néanmoins, il balançait. Même si c'était un cerveau, le juge Wargrave était vieux. Aux yeux d'Armstrong, les circonstances exigeaient un homme d'action.

Il se décida :

— Lombard, je peux vous parler une minute ?

Philip tressaillit.

— Bien sûr.

Les deux hommes quittèrent la terrasse et descendirent vers la mer.

— J'ai besoin d'une consultation, dit Armstrong lorsqu'il fut certain qu'on ne risquait plus de les entendre.

Lombard haussa les sourcils :

— Je n'ai aucune connaissance médicale, mon cher.

— Non, non, je vous parle de la situation générale.

— Alors là, c'est différent.

— Franchement, qu'en pensez-vous ? demanda Armstrong.

Lombard réfléchit une minute.

— La situation est assez éloquente, non ? répondit-il enfin.

— Quelle est votre opinion sur la mort de cette femme ? Vous êtes d'accord avec la théorie de Blore ?

Philip souffla une bouffée de fumée :

— Elle est tout à fait plausible… prise isolément.

— Très juste.

Armstrong parut soulagé. Philip Lombard n'était pas un imbécile.

Ce dernier poursuivit :

— À condition d'accepter l'idée que M. et Mme Rogers ont un beau jour commis un meurtre en toute impunité. Et je ne vois rien d'impossible là-dedans. Qu'est-ce qu'ils ont fait à la vieille, selon vous ? Ils l'ont empoisonnée ?

— C'est peut-être plus simple que ça, répondit Armstrong d'une voix lente. Ce matin, j'ai demandé à Rogers de quoi souffrait cette Mlle Brady. Sa réponse m'a ouvert des horizons. Inutile d'entrer dans les détails techniques, mais on soigne certaines formes de troubles cardiaques au nitrite d'amyle. En cas de crise, on casse une ampoule de nitrite qu'on fait inhaler au malade. Si on n'administre pas le nitrite d'amyle… ma foi, les conséquences risquent fort d'être fatales.

— Pas plus difficile que ça, murmura Philip Lombard, pensif. Ce devait être… assez tentant.

Le médecin acquiesça :

— Oui, pas de geste criminel à proprement parler.

Pas d'arsenic à se procurer et à administrer… rien de concret… juste l'inaction ! Rogers a couru chercher un médecin en pleine nuit, et le couple avait ainsi la certitude que personne ne découvrirait jamais la vérité.

— Et même dans le cas contraire, on ne pourrait rien prouver contre eux, ajouta Philip Lombard.

Soudain, il fronça les sourcils :

— Mais j'y pense… voilà qui explique bien des choses.

— Je vous demande pardon ? fit Armstrong, intrigué.

— Je veux dire… ça explique notre présence sur cette île. Il y a des crimes dont on ne peut pas épingler les auteurs. Exemple : celui des Rogers. Autre exemple : celui du vieux Wargrave, qui a commis son meurtre dans les strictes limites de la loi.

— Vous croyez donc à cette histoire ? dit vivement Armstrong.

Philip Lombard sourit :

— Oh ! oui, j'y crois. Wargrave a bel et bien assassiné Edward Seton, aussi sûrement que s'il lui avait planté un stylet en plein cœur ! Mais il a eu l'intelligence de le faire en robe et perruque, du haut de sa chaire de juge. On ne peut donc pas le coincer par les voies habituelles.

Tel un éclair, une pensée traversa l'esprit d'Armstrong :

Meurtre à l'hôpital. Meurtre sur la table d'opération. Aucun risque… non, pas l'ombre d'un risque !

— D'où M. O'Nyme…, poursuivait Philip Lombard. D'où l'île du Soldat !

Armstrong prit une profonde inspiration :

— Nous arrivons là au cœur du problème. Dans quel but nous a-t-on attirés ici ?

— À *votre* avis ? dit Philip Lombard.

— Revenons un instant sur la mort de cette femme, déclara Armstrong avec brusquerie. Quelles sont les hypothèses possibles ? Primo : Rogers l'a tuée parce qu'il craignait qu'elle ne vende la mèche. Secundo : dans un moment d'égarement, elle a choisi l'issue la plus simple.

— Le suicide, hein ?

— Qu'est-ce que vous en dites ? demanda Armstrong.

— Ce serait possible, oui… *s'il n'y avait pas la mort de Marston*, répondit Lombard. Deux suicides en l'espace de douze heures, c'est un peu gros à avaler ! Et si vous voulez me faire croire qu'Anthony Marston, jeune chien fou sans états d'âme et pratiquement sans cervelle, ne s'est pas pardonné d'avoir fauché deux gosses et a décidé de se supprimer… eh bien, laissez-moi vous dire que c'est risible ! D'ailleurs, comment se serait-il procuré le poison ? Pour autant que je sache, le cyanure de potassium n'est pas le genre de produit qu'on trimbale dans la poche de son veston. Mais ça, c'est votre rayon.

— Aucun individu sensé ne transporte du cyanure de potassium. Sauf s'il s'agit de quelqu'un qui veut détruire un nid de guêpes…

— Le jardinier zélé ou le propriétaire terrien, autrement dit ? Là encore, pas Anthony Marston. À mon avis, ce cyanure mérite quelques éclaircissements. Ou bien Anthony Marston était venu ici avec l'intention de se suicider, auquel cas il avait pris ses dispositions… ou alors…

— Ou alors ?

Philip Lombard sourit de toutes ses dents :

— Pourquoi m'obliger à le dire ? Vous l'avez sur le bout de la langue. *Anthony Marston a été assassiné, évidemment.*

III

Le Dr Armstrong respira à fond :

— Et Mme Rogers ?

— Je pourrais croire – difficilement – au suicide d'Anthony s'il n'y avait pas Mme Rogers, dit Lombard d'une voix lente. Je pourrais aussi croire – facilement – au suicide de Mme Rogers s'il n'y avait pas Anthony Marston. Je pourrais encore croire que Rogers s'est débarrassé de sa femme… s'il n'y avait pas la mort inattendue d'Anthony Marston. Ce qu'il nous faut, c'est une théorie qui explique ces deux décès si rapprochés.

— Je peux peut-être vous mettre sur la voie, dit Armstrong.

Et il expliqua comment Rogers lui avait signalé la disparition des deux figurines de porcelaine.

— Oui, les petits soldats en porcelaine…, murmura Lombard. Il y en avait dix hier soir au dîner, c'est un fait. Et vous dites qu'il n'en reste plus que huit ?

Le Dr Armstrong récita :

— *Dix p'tits soldats s'en furent souper,*
L'un d'eux but à s'en étouffer
– n'en resta plus que neuf.
Neuf p'tits soldats veillèrent très tard,
L'un d'eux dormit plus que sa part
– n'en resta plus que huit.

Les deux hommes se regardèrent. Philip Lombard sourit et jeta sa cigarette au loin :

— Ça colle sacrément trop bien pour être une coïncidence ! Anthony Marston est mort par asphyxie – ou en s'étouffant – hier soir après le dîner, et la mère Rogers s'est si bien endormie… qu'elle ne s'est jamais réveillée.

— Conclusion ? demanda Armstrong.

— Conclusion, il y a une autre espèce de soldat parmi nous. Le Soldat Inconnu ! X ! M. O'Nyme ! A.N. O'Nyme ! Le Cinglé Anonyme en Liberté !

— Ah ! fit Armstrong avec un soupir de soulagement. Nous sommes donc bien d'accord. Mais vous voyez ce qui en découle ? Rogers nous a juré qu'il n'y avait personne d'autre que nous, sa femme et lui sur cette île.

— Rogers se trompe ! Ou peut-être qu'il ment !

Armstrong secoua la tête :

— Je ne pense pas qu'il mente. Cet homme a peur. Il est aux trois quarts mort de peur.

Philip Lombard acquiesça :

— Pas de canot à moteur ce matin. Ça colle avec le reste. Encore une petite disposition prise par M. O'Nyme, à l'évidence. L'île du Soldat doit rester isolée jusqu'à ce que M. O'Nyme ait terminé sa tâche.

Armstrong avait pâli :

— Vous vous rendez compte… cet homme doit être fou à lier !

— Mais il y a une chose à laquelle M. O'Nyme n'a pas pensé, décréta Philip Lombard d'un ton changé.

— Quoi donc ?

— Cette île n'est qu'un rocher plus ou moins dénudé. Nous aurons vite fait de la fouiller. Et nous ne tarderons pas à débusquer le sieur A.N. O'Nyme.

— Il risque d'être dangereux, mit en garde le Dr Armstrong.

Philip Lombard éclata de rire :

— Dangereux ? Qui a peur du grand méchant loup ? C'est *moi* qui serai dangereux quand je lui mettrai la main dessus !

Après un silence, il ajouta :

— Nous avons intérêt à mettre Blore dans le coup. Il nous sera utile pour l'agrafer. Pas question d'en parler aux femmes. Quant aux autres, le général est gaga et le vieux Wargrave est le champion de l'inertie sentencieuse. À nous trois, nous arriverons largement à faire le boulot.

Chapitre 8

I

Blore se rendit aussitôt à leurs arguments et se laissa enrôler sans difficulté :

— Ça change tout, ce que vous venez de me dire à propos des figurines de porcelaine. C'est de la folie furieuse, pas moins ! Il n'y a qu'une chose... Vous ne pensez pas que cet O'Nyme aurait dans l'idée de sous-traiter la besogne, si on peut dire ?

— Expliquez-vous, mon vieux.

— Voilà comment je vois les faits. Hier soir, après le coup du gramophone, ce jeunot de Marston panique et s'empoisonne. Rogers, *lui*, panique aussi et zigouille sa femme ! Tout ça conformément au plan de A.N. O'N.

Armstrong secoua la tête et souleva le problème du cyanure. Blore admit l'objection :

— C'est vrai, j'avais oublié ce détail. Pas le genre de produit qu'on porte couramment sur soi. Mais alors, comment a-t-il atterri dans son verre ?

— J'ai réfléchi au problème, dit Lombard. Hier soir,

Marston a bu plusieurs whiskies. Entre l'avant-dernier et le dernier, il y a eu un laps de temps pendant lequel son verre a traîné sur une table. Je crois – sans en être sûr – que c'était sur la petite table, près de la fenêtre. Or la fenêtre était ouverte. Quelqu'un aurait très bien pu verser une dose de cyanure dans le verre.

— Sans qu'aucun de nous s'en aperçoive ? s'exclama Blore, incrédule.

— Nous étions tous... assez pris par ailleurs, répliqua Lombard avec ironie.

— C'est vrai, approuva Armstrong. Nous venions tous d'être accusés de crimes variés. Nous arpentions la pièce, incapables de tenir en place. Nous discutions, indignés, uniquement préoccupés par nos affaires. Je pense que c'était *faisable*...

Blore haussa les épaules :

— Apparemment, ça a même été fait ! Bon, messieurs, mettons-nous à l'ouvrage. Personne n'a un revolver, par hasard ? Non, ce serait trop beau.

— J'en ai un, dit Lombard en tapotant sa poche.

Blore écarquilla les yeux.

— Vous le trimbalez toujours avec vous ? s'enquit-il d'un ton trop détaché.

— D'habitude, oui, répondit Lombard. J'ai fréquenté des endroits plutôt malsains, vous savez.

— Ah ! fit Blore. En tout cas, vous n'en avez probablement jamais fréquenté d'aussi malsain que celui où vous vous trouvez aujourd'hui ! Si un déséquilibré se cache sur cette île, il doit avoir sur lui tout un arsenal d'armes à feu – sans compter un poignard ou deux pour faire bonne mesure.

Armstrong toussota :

— Détrompez-vous, Blore. Les fous homicides sont souvent des gens extrêmement paisibles et effacés. Des types charmants.

— Je n'ai pas l'impression que ce soit le genre de celui-ci, docteur, dit Blore.

II

Les trois hommes entreprirent de prospecter l'île.

L'opération s'avéra encore plus simple que prévu. Du côté nord-ouest, face à la côte, les falaises s'enfonçaient à pic dans la mer, sans aucune anfractuosité.

Pour le reste, il n'y avait pas d'arbres et très peu d'abris naturels. Les trois hommes procédèrent avec méthode et application, passant le sol au peigne fin depuis le sommet de l'île jusqu'au bord de l'eau, scrutant les rochers en quête de la moindre irrégularité pouvant indiquer l'entrée d'une grotte. Mais il n'y avait pas de grottes.

Longeant le rivage, ils arrivèrent finalement à l'endroit où le général Macarthur, assis, contemplait la mer. C'était un coin très paisible, où l'on entendait le clapotis des vagues qui léchaient les rochers. Le vieil homme se tenait très droit, les yeux fixés sur l'horizon.

Il n'accorda aucune attention aux nouveaux

arrivants. Ce manque total de réaction mit l'un d'eux – au moins – un peu mal à l'aise.

« C'est pas naturel, ça, songea Blore à part lui. On dirait qu'il est en transe. »

Il se racla la gorge et tenta d'engager la conversation :

— Un joli petit coin tranquille que vous avez trouvé là, mon général.

Le vieux militaire fronça les sourcils. Il lança un bref coup d'œil par-dessus son épaule :

— Il reste si peu de temps… si peu de temps. J'insiste vraiment pour qu'on ne me dérange pas.

— Nous n'avons pas l'intention de vous déranger, fit Blore d'un ton jovial. Nous faisons juste le tour de l'île, comme qui dirait. Pour le cas où quelqu'un s'y cacherait.

Le général plissa le front.

— Vous ne comprenez pas… vous ne comprenez pas du tout. Allez-vous-en, s'il vous plaît.

Blore battit en retraite.

— Il est timbré, dit-il aux deux autres quand il les eut rejoints. Inutile d'essayer de lui parler.

— Qu'est-ce qu'il a dit ? s'enquit Lombard avec une pointe de curiosité.

Blore haussa les épaules :

— Qu'il ne restait plus beaucoup de temps et qu'il ne voulait pas être dérangé.

Le Dr Armstrong fronça les sourcils et murmura :

— Je me demande bien…

III

La fouille de l'île était pratiquement terminée. Juchés sur le point culminant, les trois hommes observaient la côte. Il n'y avait pas d'embarcations en vue. Le vent fraîchissait.

— Aucun bateau de pêche n'est sorti, dit Lombard. Une tempête se prépare. C'est vraiment la poisse qu'on ne soit pas en vue du village. On aurait pu envoyer des signaux, faire quelque chose…

— On pourrait peut-être allumer un feu cette nuit ? proposa Blore.

— Le problème, c'est que M. O'Nyme a dû parer à toute éventualité, répondit Lombard, le front soucieux.

— De quelle manière, monsieur ?

— Est-ce que je sais, moi ? En faisant croire à une bonne blague, par exemple. On doit nous laisser mariner ici, ne tenir aucun compte de nos signaux, etc. Il a peut-être même raconté au village qu'il y avait un pari à la clef. Bref, une quelconque histoire à dormir debout.

— Vous pensez qu'ils auraient gobé ça ? fit Blore, dubitatif.

— C'est plus facile à croire que la vérité ! ironisa Lombard. Si on avait dit aux villageois que l'île devait rester isolée jusqu'à ce que M. Anonyme O'Nyme ait tranquillement assassiné tous ses invités, vous pensez qu'ils y auraient cru ?

— Il y a des moments où je n'arrive pas à y croire moi-même, murmura le Dr Armstrong. Et pourtant…

Les lèvres de Philip Lombard se retroussèrent sur ses dents pointues :

— *Et pourtant*... c'est exactement ça ! Vous l'avez dit, docteur !

Blore contemplait l'eau, au pied de la falaise :

— Personne ne pourrait grimper par là, je suppose ?

Armstrong secoua la tête :

— Ça m'étonnerait. C'est quasiment à pic. Et à supposer que quelqu'un y arrive, où se cacherait-il ?

— Il y a peut-être une cavité dans la falaise, hasarda Blore. Si nous avions une barque, nous pourrions faire le tour de l'île.

— Si nous avions une barque, riposta Lombard, nous serions déjà à mi-chemin de la côte !

— Pas faux, monsieur.

— Nous n'avons qu'à l'examiner, cette falaise, déclara subitement Lombard. Il n'y a qu'un seul endroit où il *pourrait* y avoir un renfoncement, et c'est juste en dessous, un peu à droite. Si vous me dégotez une corde, vous me ferez descendre pour qu'on en ait le cœur net.

— Autant être *sûrs*, acquiesça Blore. Même si ça paraît absurde au vu de la paroi. Je vais voir ce que je peux dénicher.

D'un pas vif, il redescendit vers la maison. Lombard scruta le ciel. Les nuages commençaient à s'amonceler. Le vent soufflait avec plus de force.

Il lança à Armstrong un regard oblique :

— Vous êtes bien silencieux, docteur. À quoi pensez-vous ?

D'une voix lente, Armstrong répondit :

— Je me demandais jusqu'à quel point, exactement, le vieux Macarthur est fou…

IV

Vera n'avait pas tenu en place de toute la matinée. Elle avait évité Emily Brent, pour qui elle éprouvait désormais une aversion qui lui donnait la chair de poule.

Mlle Brent, de son côté, s'était installée dans un fauteuil à l'angle de la maison afin d'être à l'abri du vent. Elle tricotait.

Chaque fois que Vera pensait à elle, il lui semblait voir un pâle visage de noyée aux cheveux emmêlés d'algues… Un visage qui avait été joli – impudemment joli peut-être – et qui était maintenant inaccessible à la pitié ou à la terreur.

Et Emily Brent, placide et vertueuse, tricotait.

Sur la terrasse principale, le juge Wargrave était tassé dans un fauteuil à haut dossier. Il avait la tête rentrée dans les épaules.

Quand elle le regardait, Vera voyait un homme debout dans le box des accusés – un jeune homme aux cheveux blonds, aux yeux bleus et à l'air effrayé, abasourdi. Edward Seton. Et, en imagination, elle voyait le juge poser de ses vieilles mains ridées la toque noire sur sa tête et prononcer la sentence…

Au bout d'un moment, Vera descendit lentement vers

la mer. Elle longea le rivage vers l'extrême pointe de l'île, où était assis un vieil homme qui fixait l'horizon.

Le général Macarthur remua à son approche. Il tourna la tête… son regard exprimait un curieux mélange d'incertitude et d'appréhension. Elle en fut saisie. Il la dévisagea un moment avec insistance.

« C'est bizarre, pensa-t-elle. On dirait presque qu'il *sait*… »

— Ah, c'est vous ! dit-il. Vous êtes venue…

Vera s'assit à côté de lui.

— Vous aimez rester là à contempler la mer ? demanda-t-elle.

Il hocha légèrement la tête :

— Oui, c'est agréable. C'est un bon endroit pour attendre.

— Pour attendre ? répéta Vera d'un ton incisif. Vous attendez quoi ?

— La fin, dit-il avec douceur. Mais je crois que vous le savez, n'est-ce pas ? Je ne me trompe pas ? Nous attendons tous la fin.

— Que voulez-vous dire ? murmura-t-elle d'une voix mal assurée.

— *Aucun de nous ne quittera cette île*, répondit le général Macarthur avec gravité. C'est cela, le plan. Et vous le savez parfaitement, bien sûr. Ce que vous n'imaginez pas, peut-être, c'est le soulagement !

— Le soulagement ? s'étonna Vera.

— Oui. Évidemment, vous êtes très jeune… vous n'avez pas encore atteint ce stade. Mais ça viendra ! Le bienheureux soulagement de savoir qu'on en a fini avec tout… qu'on n'a pas à porter son fardeau plus longtemps. Vous éprouverez ce sentiment, vous aussi, un jour…

— Je ne vous comprends pas, répliqua Vera d'un ton âpre.

Ses doigts étaient agités d'un tressaillement spasmodique. Elle eut peur, soudain, de ce vieux militaire taciturne.

— Voyez-vous, j'aimais Leslie, reprit-il d'une voix rêveuse. Je l'aimais beaucoup…

— Leslie, c'était votre femme ? s'enquit Vera.

— Ma femme, oui… Je l'aimais. J'étais très fier d'elle. Elle était si jolie… si gaie.

Il resta silencieux une bonne minute, puis :

— Oui, j'aimais Leslie. C'est pour ça que j'ai agi comme je l'ai fait.

— Vous voulez dire… ?

Vera s'interrompit.

Le général Macarthur acquiesça posément :

— Ça ne sert plus à grand-chose de le nier… maintenant que nous allons tous mourir. *J'ai envoyé Richmond à la mort*. Dans un sens, c'était un meurtre. Curieux. Un *meurtre*… moi qui ai toujours été si respectueux de la loi ! Mais à l'époque, je ne voyais pas les choses de cette manière. Je n'avais aucun regret. « Rudement bien fait pour lui ! », voilà ce que je me disais. Mais après…

— Après ? interrogea Vera avec dureté.

Il secoua la tête d'un air vague. Il semblait perplexe, en proie à une certaine détresse :

— Je ne sais pas. Je… je ne sais pas. Tout a changé, voyez-vous. Je ne saurais dire si Leslie avait deviné…

je ne crois pas. Mais je n'arrivais plus à savoir ce qu'elle pensait. Elle s'était tellement éloignée de moi que je ne pouvais pas l'atteindre. Et puis elle est morte… et je me suis retrouvé seul…

— Seule… seule…, répéta Vera – et les rochers lui renvoyèrent l'écho de sa voix.

— Vous serez heureuse, vous aussi, lorsque viendra la fin, conclut le général Macarthur.

Vera se leva.

— Je ne vois pas ce que vous voulez dire ! fit-elle d'un ton cassant.

— Je *sais*, mon enfant. Je *sais*…

— Non, justement ! Vous n'y comprenez rien du tout…

Le général Macarthur se remit à contempler la mer. Il semblait avoir oublié la présence de Vera, derrière lui.

D'une voix très douce, il murmura :

— Leslie… ?

V

Lorsque Blore revint de la maison avec un rouleau de corde sous le bras, il trouva Armstrong au même endroit, le regard perdu dans les profondeurs.

— Où est M. Lombard ? s'enquit-il, essoufflé.

— Parti vérifier je ne sais quelle théorie, répondit distraitement Armstrong. Il sera de retour dans une minute. Dites-moi, Blore, je suis préoccupé.

— Nous le sommes tous, non ?

Le médecin agita une main impatiente.

— Bien sûr… bien sûr. Ce n'est pas ce que je veux dire. Je pense au vieux Macarthur.

— Mais encore, docteur ?

— Ce que nous cherchons, c'est un déséquilibré, expliqua Armstrong d'un air farouche. *Qu'en est-il de Macarthur ?*

— Vous croyez que c'est un fou homicide ? s'exclama Blore, incrédule.

— Je n'irais pas jusque-là, répondit Armstrong sans conviction. En aucun cas. Mais après tout, je ne suis pas spécialiste des maladies mentales. Je n'ai pas vraiment eu de conversation avec lui… je ne l'ai pas observé sous cet angle-là.

— Gâteux, d'accord ! déclara Blore, sceptique. Mais de là à affirmer…

Avec un léger effort, comme un homme qui se ressaisit, Armstrong l'interrompit :

— Vous avez sans doute raison ! Bon sang, il y a *forcément* quelqu'un qui se cache sur cette île ! Ah, voilà Lombard.

Ils l'encordèrent solidement.

— Je vais m'aider au maximum, dit Lombard. Surveillez la corde, si jamais elle se tend subitement.

Ils observaient depuis deux minutes la progression de Lombard, quand Blore fit remarquer :

— Il est agile comme un singe, hein ?

Sa voix avait une intonation bizarre.

— Il a dû faire de l'escalade dans sa jeunesse, hasarda le médecin.

— Possible.

Après un silence, l'ex-inspecteur reprit :

— Drôle de mec, quand même. Vous savez ce que je pense ?

— Non, quoi donc ?

— Il n'est pas net.

— Comment ça ? fit Armstrong.

Blore émit un grognement :

— Je ne sais pas exactement. En tout cas, je ne lui confierais pas mon portefeuille.

— Je suppose qu'il a mené une existence aventureuse…

— Et moi, je vous parie que certaines de ses aventures sont de celles qu'on garde sous le boisseau, répliqua Blore.

Il marqua une pause avant d'ajouter :

— Avez-vous apporté un revolver dans vos bagages, docteur, par hasard ?

Armstrong ouvrit de grands yeux :

— Moi ? Seigneur, non ! Pourquoi l'aurais-je fait ?

— *Et M. Lombard, pourquoi l'a-t-il fait ?*

— L'habitude, j'imagine…, répondit Armstrong avec hésitation.

Blore ricana.

Brusquement, la corde se raidit. Pendant quelques instants, les deux hommes furent trop occupés pour parler. Une fois la tension relâchée, Blore reprit :

— Il y a habitudes *et* habitudes ! Que M. Lombard emporte un revolver dans des contrées reculées, d'accord… *et* aussi un réchaud à pétrole, un sac de couchage et une provision d'insecticide, ça va de soi ! Pour autant, l'habitude ne le pousserait pas à venir ici avec tout son barda ! Il n'y a que dans les romans que les gens se baladent avec un revolver comme si c'était tout naturel.

Perplexe, le Dr Armstrong secoua la tête.

Ils se penchèrent pour observer la progression de Lombard. Son exploration de la paroi était minutieuse, mais ils virent tout de suite qu'elle était futile. Il ne tarda pas à remonter et à se hisser par-dessus le bord de la falaise.

— Eh bien ! il ne reste plus trente-six solutions, dit-il en essuyant son front en sueur. C'est la maison ou rien.

VI

La perquisition de la maison ne présenta pas de difficultés. Ils commencèrent par les dépendances, puis passèrent à l'habitation principale. Le mètre-ruban de Mme Rogers, trouvé dans un placard de la cuisine, se révéla utile. Mais ils ne découvrirent aucun recoin, aucune double cloison douteuse. Tout était clair et net dans cette maison moderne, dépourvue de cachettes. Ils fouillèrent d'abord le rez-de-chaussée. En montant dans les chambres, ils aperçurent, par la fenêtre du palier, Rogers qui apportait un plateau de cocktails sur la terrasse.

— Étonnant, le domestique exemplaire, dit Philip Lombard d'un ton badin. Il continue son service comme si de rien n'était.

— Rogers est un majordome de premier ordre, approuva Armstrong, il faut lui rendre cette justice !

— Et sa femme était un véritable cordon bleu, renchérit Blore. Ce dîner, hier soir…

Ils entrèrent dans la première chambre.

Cinq minutes plus tard, ils se retrouvaient sur le palier. Aucun intrus… aucune cachette possible.

— Il y a un petit escalier, là, fit observer Blore.

— Il mène chez les domestiques, expliqua le Dr Armstrong.

— Il doit y avoir des combles – pour les réservoirs d'eau et tout ce qui s'ensuit, dit Blore. C'est notre meilleure chance… et la seule !

C'est alors qu'ils entendirent du bruit au-dessus de leurs têtes. Des pas légers, furtifs.

Ils l'entendirent tous les trois. Armstrong saisit le bras de Blore. Lombard mit un doigt sur ses lèvres :

— Chut ! Écoutez…

Le bruit recommença : quelqu'un se déplaçait là-haut – furtivement, à pas feutrés.

— Il est dans la chambre, murmura Armstrong. Dans la pièce où se trouve le corps de Mme Rogers.

— Évidemment ! répondit Blore sur le même ton. Il ne pouvait pas choisir de meilleure cachette ! Personne ne risquait de venir le déranger. Attention… faites le moins de bruit possible.

Ils montèrent l'escalier à pas de loup.

Ils s'arrêtèrent sur le petit palier, devant la porte de la chambre. Oui, il y avait bien quelqu'un à l'intérieur. Un léger grincement leur parvint.

— Allons-y ! chuchota Blore.

Il ouvrit la porte à la volée et se rua dans la pièce, les deux autres sur ses talons.

Tous trois s'arrêtèrent net.

Rogers était là, les bras chargés de vêtements.

VII

Blore fut le premier à se ressaisir :

— Désolé, euh… Rogers. Nous avons entendu marcher à l'étage et nous nous sommes dit que… euh…

Il se tut.

— Je vous prie de m'excuser, messieurs, dit Rogers. Je déménageais juste mes affaires. Vous ne verrez pas d'objection, je pense, à ce que je prenne une des chambres libres à l'étage au-dessous ? La plus petite.

Comme c'était à lui que le domestique s'adressait, Armstrong répondit :

— Bien sûr. Bien sûr. Ne vous interrompez pas pour nous.

Il évita de regarder la forme, recouverte d'un drap, qui gisait sur le lit.

— Je vous remercie, monsieur, dit Rogers.

Les bras chargés de ses affaires, il sortit de la pièce et descendit l'escalier.

Armstrong s'approcha du lit et, soulevant le drap, regarda le visage paisible de la morte. Ses traits n'exprimaient plus la peur. Simplement le néant.

— Dommage que je n'aie pas mon matériel ici,

murmura-t-il. J'aurais bien voulu savoir de quelle drogue il s'agissait.

Il se tourna vers les deux autres :

— Finissons-en. Je suis prêt à parier que nous ne trouverons rien.

Blore se débattait avec les verrous d'un « trou d'homme ».

— Ce gars-là est sacrément discret, grommela-t-il. Il y a deux minutes, nous l'avons vu sur la terrasse. Et personne ne l'a entendu monter.

— C'est sans doute pour ça que nous avons cru qu'il y avait un intrus qui s'affairait ici, déclara Lombard.

Blore disparut dans un caverneux trou noir.

Lombard sortit une lampe-torche de sa poche et le suivit.

Cinq minutes plus tard, trois hommes émergeaient sous les combles. Ils étaient sales, couverts de toiles d'araignées, la mine sombre.

À part eux huit, il n'y avait personne sur l'île.

Chapitre 9

I

— Ainsi donc, nous nous sommes trompés, dit Lombard d'une voix lente. Et dans les grandes largeurs ! Nous avons bâti de toutes pièces un cauchemar, échafaudé une théorie délirante… tout ça à cause de la banale coïncidence de deux décès !

— N'empêche que l'argument de base tient toujours, déclara gravement Armstrong. Je suis médecin, je m'y connais en suicide. Anthony Marston n'était pas du genre à se tuer.

— Ça ne pourrait pas avoir été un accident, je suppose ? lâcha Lombard sans trop y croire.

Blore émit un grognement peu convaincu :

— Fichtrement bizarre, comme accident !

Un silence suivit.

— Pour ce qui est de la femme…, reprit Blore qui s'interrompit aussitôt.

— Mme Rogers ?

— Oui. Dans son cas, il est possible que ce soit un accident, non ?

— Un accident ? répéta Philip Lombard. Comment ça ?

Blore parut un peu embarrassé. Son visage rouge brique prit une teinte plus soutenue.

— Écoutez, docteur, bredouilla-t-il, vous lui avez bien donné une drogue… ?

Armstrong le regarda avec étonnement :

— Une drogue ? Qu'est-ce que vous entendez par là ?

— Hier soir. Vous avez dit vous-même que vous lui aviez donné quelque chose pour la faire dormir.

— Ah ! oui… Un calmant inoffensif.

— Quoi, exactement ?

— Une légère dose de trional. Un sédatif parfaitement bénin.

Blore devint encore plus rouge :

— Écoutez… je n'irai pas par quatre chemins… Vous ne lui en auriez pas administré une trop forte dose, par hasard ?

— Je ne vois pas où vous voulez en venir ! s'emporta le Dr Armstrong.

— Il est possible que vous ayez commis une erreur, non ? insista Blore. Ce sont des choses qui arrivent.

— Jamais de la vie ! répliqua Armstrong, acerbe. C'est une supposition absurde.

Il s'interrompit un instant avant d'ajouter, d'un ton mordant :

— Ou peut-être insinuez-vous que j'aurais forcé la dose… exprès ?

Philip Lombard s'interposa :

— Dites donc, vous deux, gardons la tête froide.

Ne commençons pas à lancer des accusations à tort et à travers.

— Je suggérais seulement que le docteur avait pu faire une erreur, dit Blore d'un ton maussade.

Le Dr Armstrong se força à sourire et découvrit ses dents en un rictus dépourvu de gaieté :

— Les médecins ne peuvent pas se permettre ce genre d'erreur, mon ami.

— À en croire l'enregistrement d'hier soir, ce ne serait pas la première que vous auriez commise ! rétorqua Blore.

Armstrong blêmit.

— À quoi rime cette agressivité ? intervint Philip Lombard. Nous sommes tous dans le même bateau. Nous devons nous serrer les coudes. Et votre histoire de faux témoignage, monsieur Blore, qu'est-ce que vous en faites ?

Blore fit un pas en avant, les poings serrés.

— Faux témoignage, tu parles ! gronda-t-il d'une voix sourde. C'est un mensonge éhonté ! Vous pouvez toujours essayer de me faire taire, monsieur Lombard, mais il y a certaines choses que j'aimerais bien savoir... et l'une d'elles *vous* concerne !

Lombard haussa les sourcils :

— Moi ?

— Parfaitement ! Je voudrais bien savoir pourquoi vous avez apporté un revolver ici, pour un week-end de détente chez des amis.

— Vous tenez vraiment à le savoir ?

— Oui, monsieur Lombard, j'y tiens.

De façon inattendue, Lombard répondit :

— Vous savez, Blore, vous êtes loin d'être aussi bête que vous en avez l'air.

— Ça n'est pas impossible. Alors, ce revolver ?

Lombard sourit :

— Je l'ai apporté parce que je m'attendais à tomber dans un guêpier.

— Vous ne nous avez pas dit ça hier soir, observa Blore d'un ton soupçonneux.

Lombard secoua la tête.

— Vous nous avez caché quelque chose ? insista Blore.

— D'une certaine manière, oui, dit Lombard.

— Eh bien, allez-y ! Videz votre sac.

— Je vous ai laissés croire que j'avais été invité ici dans les mêmes conditions que la plupart d'entre vous, répondit Lombard d'une voix lente. Ce n'est pas tout à fait exact. En fait, j'ai été contacté par un dénommé Morris qui m'a proposé cent guinées pour venir ici et ouvrir l'œil. Selon lui, j'avais la réputation d'être l'homme des situations... hasardeuses.

— Et alors ? relança Blore avec impatience.

Lombard eut un large sourire :

— C'est tout.

— Il a quand même bien dû vous en dire plus ? intervint le Dr Armstrong.

— Oh ! que non. Fermé comme une huître, le gars. C'était à prendre ou à laisser, texto. J'étais fauché. J'ai accepté.

Blore n'avait pas l'air convaincu.

— Pourquoi ne pas nous avoir dit ça hier soir ?

Lombard eut un haussement d'épaules éloquent :

— Et si cette soirée avait précisément été l'objet de ma présence ici ? Dans le doute, j'ai adopté un profil bas et raconté une histoire passe-partout.

— Mais maintenant… vous voyez les choses autrement ? susurra le Dr Armstrong.

L'expression de Lombard se modifia. Son visage s'assombrit, se durcit.

— Oui, dit-il. Je crois maintenant que je suis logé à la même enseigne que vous. Ces cent guinées n'étaient que le morceau de gruyère avec lequel M. O'Nyme comptait m'attirer dans le piège comme vous autres.

Il poursuivit, en détachant ses mots :

— *Car nous sommes pris au piège*... J'en mettrais ma main au feu ! La mort de Mme Rogers… celle de Tony Marston… les petits soldats qui disparaissent de la table de la salle à manger ! Oh oui, la main de M. O'Nyme est bien visible… *mais où diable se cache-t-il, lui ?*

En bas, un coup de gong solennel annonça le déjeuner.

II

Rogers se tenait près de la porte de la salle à manger. Voyant les trois hommes descendre l'escalier, il s'avança vers eux.

— J'espère que le déjeuner vous donnera satisfaction,

dit-il d'une voix sourde et anxieuse. Il y a du jambon et de la langue en gelée, et j'ai fait des pommes de terre à l'eau. Il y a aussi du fromage, des gâteaux secs et des fruits en conserve.

— Ça m'a l'air parfait, approuva Lombard. Il reste donc des provisions ?

— Il y en a des quantités, monsieur... des boîtes de conserve. Le garde-manger est fort bien garni. C'est nécessaire, monsieur, parce que, sur une île, on peut être coupé de la côte un bon bout de temps.

Lombard acquiesça sans mot dire.

Tout en suivant les trois hommes dans la salle à manger, Rogers murmura :

— Ça me soucie que Fred Narracott ne soit pas venu aujourd'hui. C'est particulièrement fâcheux.

— Oui, dit Lombard. « Particulièrement fâcheux » décrit parfaitement la situation.

Mlle Brent entra à son tour. Elle avait laissé tomber une pelote de laine qu'elle rembobinait avec soin.

— Le temps change, fit-elle remarquer en s'asseyant à table. Il y a beaucoup de vent et la mer moutonne.

Le juge Wargrave fit son entrée. Il marchait d'un pas lent et mesuré. Sous ses sourcils broussailleux, il lança de brefs coups d'œil aux autres convives :

— Vous avez déployé une grande activité, ce matin.

Il y avait dans sa voix un soupçon de malin plaisir.

Vera Claythorne arriva en courant, légèrement hors d'haleine.

— J'espère que vous ne m'avez pas attendue, dit-elle vivement. Suis-je en retard ?

— Vous n'êtes pas la dernière, répondit Emily Brent d'un ton pincé. Le général n'est pas encore là.

Ils s'assirent autour de la table. Rogers s'adressa à Mlle Brent :

— Voulez-vous commencer, mademoiselle, ou préférez-vous attendre ?

— Le général Macarthur est en bas, sur le rivage, dit Vera. De toute façon, il n'a pas dû entendre le gong. Il… il a un peu la tête ailleurs, aujourd'hui.

— Je vais le prévenir que le déjeuner est servi, proposa Rogers.

Le Dr Armstrong bondit sur ses pieds.

— J'y vais, dit-il. Commencez sans nous.

Il sortit. Derrière lui, il entendit la voix de Rogers :

— Prendrez-vous du jambon ou de la langue, mademoiselle ?

III

Les cinq personnes assises autour de la table semblaient avoir du mal à trouver un sujet de conversation. Dehors, le vent soufflait en brusques rafales, puis s'apaisait.

— Une tempête s'annonce, dit Vera en réprimant un frisson.

Blore apporta sa contribution personnelle :

— Il y avait un vieux bonhomme, hier, dans le train de Plymouth. Il n'arrêtait pas de dire qu'il allait y avoir un grain. C'est incroyable comme ils connaissent le temps, ces vieux loups de mer.

Rogers fit le tour de la table pour ramasser les assiettes de viande.

Soudain, la vaisselle dans les mains, il se figea.

— Il y a quelqu'un qui court…, dit-il d'une voix étrange, effrayée.

Ils entendaient tous le bruit : des pas précipités sur la terrasse.

En cet instant, ils comprirent – avant même qu'on le leur dise…

Mus par un même réflexe, ils se levèrent et regardèrent en direction de la porte.

Le Dr Armstrong apparut, hors d'haleine :

— Le général Macarthur…

— Mort !

Le mot, tel un cri, avait jailli de la poitrine de Vera.

— Oui, il est mort…, dit Armstrong.

Un silence suivit. Un long silence.

Sept personnes se regardaient sans rien trouver à se dire.

IV

La tempête éclata à l'instant où le corps du vieux militaire, porté par Blore et Armstrong, franchissait le seuil de la maison.

Les autres se tenaient dans le hall.

Soudain, le vent se mit à mugir et la pluie s'abattit en crépitant.

Tandis que les deux hommes montaient l'escalier avec leur fardeau, Vera Claythorne se détourna brusquement et entra dans la salle à manger déserte. La pièce était telle qu'ils l'avaient laissée. Le dessert, auquel on n'avait pas touché, attendait sur le buffet.

Vera s'approcha de la table. Quand Rogers entra sans bruit, deux minutes plus tard, elle était toujours là, immobile.

Il tressaillit en la voyant. Ses yeux posaient une question muette.

— Oh ! mademoiselle, balbutia-t-il, je... je venais juste voir...

D'une voix forte, âpre, qui la surprit elle-même, Vera l'interrompit :

— Vous avez raison, Rogers. Regardez par vous-même. *Il n'en reste plus que sept...*

V

On avait allongé le général Macarthur sur son lit. Après un dernier examen, Armstrong sortit de la chambre et descendit. Il trouva les autres rassemblés dans le salon.

Mlle Brent tricotait. Vera Claythorne, postée devant la fenêtre, observait la pluie qui fouettait les carreaux. Blore était calé dans un fauteuil, les mains sur les genoux. Lombard tournait en rond comme un ours en cage. À l'autre bout de la pièce, le juge Wargrave, les yeux mi-clos, siégeait dans une bergère à oreilles.

Ses paupières se soulevèrent à l'entrée du médecin.

— Alors, docteur ? s'enquit-il d'une voix claire, pénétrante.

Armstrong était blafard :

— Pas question de crise cardiaque ni rien de ce genre. Macarthur a été frappé à la nuque avec une matraque ou un objet similaire.

Un léger murmure courut à la ronde, et on entendit de nouveau la petite voix précise du juge :

— Avez-vous retrouvé l'arme en question ?

— Non.

— Vous êtes néanmoins certain de ce que vous avancez ?

— Absolument certain.

— Nous savons donc désormais à quoi nous en tenir, déclara posément le juge Wargrave.

Quant à savoir qui prenait la situation en mains, cela ne faisait aucun doute non plus. Toute la matinée, Wargrave était resté blotti dans son fauteuil, sur la terrasse, s'abstenant de toute activité apparente. À présent, il assumait la direction des opérations avec l'aisance née d'une longue pratique de l'autorité. Incontestablement, c'était lui qui présidait le tribunal.

Il s'éclaircit la gorge et reprit la parole :

— Ce matin, messieurs, pendant que je me reposais sur la terrasse, j'ai été témoin de vos occupations. Le but que vous poursuiviez ne laissait guère de place au doute : vous exploriez l'île à la recherche d'un meurtrier inconnu. C'est bien cela ?

— En effet, monsieur, répondit Philip Lombard.

Le juge poursuivit :

— Vous êtes certainement parvenus à la même conclusion que moi… à savoir que la mort d'Anthony Marston et celle de Mme Rogers ne sont ni des accidents ni des suicides. Et vous avez certainement abouti à une seconde conclusion, concernant la raison pour laquelle M. O'Nyme nous a attirés sur cette île ?

— C'est un fou ! Un maboul ! s'écria Blore d'une voix rauque.

Le juge toussota :

— Cela, c'est une quasi-certitude. Mais qui ne change rien au problème. Notre principale préoccupation est celle-ci : sauver nos vies.

— Il n'y a personne sur l'île, croyez-moi, fit Armstrong d'une voix tremblante. *Personne !*

Le juge se caressa la mâchoire.

— Au sens où vous l'entendez, en effet, dit-il doucement. Je suis moi-même parvenu à cette conclusion ce matin de bonne heure. J'aurais pu vous dire que vos recherches seraient vaines. Néanmoins, je suis absolument persuadé que « M. O'Nyme » – pour reprendre le nom qu'il s'est choisi – *est bel et bien* sur l'île. Cela ne fait pas l'ombre d'un doute. Étant donné la nature de son projet, qui consiste ni plus ni moins à punir certains individus pour des délits où la justice est impuissante, il n'avait *qu'un seul moyen de mettre ce projet à exécution.* M. O'Nyme ne pouvait venir sur l'île du Soldat que d'une seule manière.

» C'est clair comme le jour. *M. O'Nyme est l'un d'entre nous…*

VI

— Oh ! non, non, non…

C'était Vera qui avait lâché cette exclamation – presque une plainte.

Le juge braqua sur elle un regard acéré :

— Ma chère mademoiselle, il est grand temps de regarder la réalité en face. Nous courons tous un grave danger. L'un de nous est A.N. O'Nyme. Et nous ne savons pas qui. Sur les dix personnes qui sont venues ici, trois sont définitivement hors de cause. Anthony Marston, Mme Rogers et le général Macarthur ne peuvent plus être soupçonnés. Nous restons à sept. L'un de ces sept-là est – si j'ose m'exprimer ainsi – un mauvais soldat.

Il s'interrompit et regarda à la ronde :

— Puis-je considérer que vous partagez tous mon analyse ?

— C'est inouï…, murmura Armstrong, mais vous avez probablement raison.

— Sans aucun doute, renchérit Blore. Et si vous voulez mon avis, j'ai une idée très précise…

D'un geste vif, le juge Wargrave l'interrompit :

— Nous allons y venir. Pour le moment, je souhaite établir que nous sommes bien d'accord sur ces bases.

— Votre raisonnement paraît logique, déclara Emily Brent sans cesser de tricoter. Je pense en effet que l'un d'entre nous est possédé du démon.

— Je n'arrive pas à y croire…, murmura Vera. Je n'y arrive pas…

— Lombard ? questionna Wargrave.

— Je suis d'accord, monsieur. À cent pour cent.

Le juge inclina la tête d'un air satisfait :

— À présent, examinons les indices. Tout d'abord, avons-nous des raisons de soupçonner une personne particulière ? Je crois, monsieur Blore, que vous avez quelque chose à dire.

Blore respirait avec difficulté.

— Lombard a un revolver, déclara-t-il. Il ne nous a pas dit la vérité, hier soir. Il le reconnaît lui-même.

Philip Lombard eut un sourire méprisant :

— J'ai l'impression que je ferais aussi bien de m'expliquer encore une fois.

Ce qu'il fit, de manière brève et concise.

— Où sont vos preuves ? contra Blore. Il n'y a rien pour corroborer votre histoire.

Le juge toussota.

— Malheureusement, dit-il, nous sommes tous dans le même cas. Nous n'avons que notre parole à offrir.

Il se pencha en avant :

— Aucun d'entre vous n'a encore saisi le côté très particulier de notre situation. À mon sens, il n'y a qu'une seule manière de procéder. Sur la base des éléments dont nous disposons, y a-t-il quelqu'un qui puisse être mis hors de cause ?

— Je suis un médecin réputé, intervint vivement le Dr Armstrong. La seule idée qu'on puisse me soupçonner de…

D'un geste, le juge coupa de nouveau la parole à son interlocuteur pour dire de sa petite voix précise :

— Je suis, moi aussi, un magistrat réputé ! Hélas,

cher docteur, cela ne prouve rigoureusement rien ! On a déjà vu des médecins devenir fous. Des juges aussi... Ainsi que des policiers, ajouta-t-il en regardant Blore.

— En tout cas, dit Lombard, j'imagine que vous laissez les femmes de côté ?

Le juge haussa les sourcils.

— Dois-je comprendre que, pour vous, les femmes ne sauraient être atteintes de folie homicide ? dit-il du fameux ton « acide » que les avocats de la défense connaissaient si bien.

— Non, évidemment, maugréa Lombard. Mais ça paraît tout de même invraisemblable que...

Il s'interrompit. De sa même voix ténue, aigrelette, le juge Wargrave s'adressa à Armstrong :

— Je présume, docteur, qu'une femme aurait été physiquement capable de porter le coup qui a tué ce pauvre Macarthur ?

— Tout à fait capable, répondit le médecin sans s'émouvoir. À condition de disposer de l'instrument adéquat : une matraque en caoutchouc, par exemple, ou un gourdin.

— Cela n'aurait pas exigé un effort excessif ?

— Pas du tout.

Le juge Wargrave tortilla son cou de tortue :

— Les deux autres morts sont dues à l'administration d'un poison. Ce qui, vous en conviendrez, ne requiert qu'un minimum de force physique.

— Vous êtes fou, ma parole ! s'écria Vera, furieuse.

Lentement, le juge tourna la tête. Il posa sur elle le regard détaché de l'homme habitué à soupeser son prochain.

« Il ne voit en moi qu'un… qu'un vulgaire spécimen, songea Vera. Et… » Cette découverte lui causa une réelle surprise. « Et il ne m'aime pas beaucoup ! »

— Ma chère mademoiselle, reprit le juge d'une voix mesurée, tâchez de maîtriser vos émotions. Je ne vous accuse pas.

Il s'inclina devant Mlle Brent :

— J'espère, mademoiselle, que je ne vous ai pas offensée en insistant sur le fait que nous sommes *tous* également suspects ?

Emily Brent tricotait. Elle ne leva pas les yeux.

— L'idée qu'on puisse m'accuser d'avoir supprimé l'un de mes semblables – et à plus forte raison *trois* de mes semblables – est parfaitement absurde pour quiconque me connaît un tant soit peu, dit-elle d'un ton glacial. Mais je me rends fort bien compte que nous sommes des étrangers les uns pour les autres et que, dans ces conditions, aucun d'entre nous ne peut être disculpé sans preuve formelle. Comme je l'ai déjà dit, il y a un démon parmi nous.

— Nous sommes donc d'accord, déclara le juge. On ne peut éliminer personne en se fondant uniquement sur la réputation ou la situation sociale.

— Et Rogers ? demanda Lombard.

Le juge le regarda sans ciller :

— Eh bien quoi, Rogers ?

— À mon avis, il est à exclure d'emblée.

— Vraiment ? s'étonna le juge Wargrave. Et à quel titre ?

— Primo, il n'a pas l'intelligence nécessaire, répondit Lombard. Secundo, sa femme est une des victimes.

De nouveau, le juge haussa ses sourcils broussailleux :

— Au cours de ma carrière, jeune homme, des maris ont comparu devant moi, accusés du meurtre de leur femme… *et* ont été reconnus coupables.

— Oh ! je suis d'accord. Assassiner sa femme est parfaitement vraisemblable… presque naturel, même ! Mais pas dans ce cas particulier ! Je peux imaginer Rogers tuant sa femme parce qu'il avait peur qu'elle craque et le dénonce, ou parce qu'il ne la supportait plus, ou encore parce qu'il en pinçait pour une nénette moins décrépite… Mais je ne le vois pas en M. O'Nyme, rendant une justice démente et commençant par punir sa propre femme pour un crime qu'ils ont commis ensemble.

— Vous prenez un ouï-dire pour un fait avéré, objecta le juge Wargrave. Rien ne nous prouve que Rogers et sa femme ont tramé l'assassinat de leur patronne. Il pourrait s'agir là d'une fausse accusation destinée à faire croire que Rogers se trouve dans la même situation que nous tous. La terreur de Mme Rogers, hier soir, tenait peut-être au fait qu'elle avait compris que son mari était mentalement dérangé.

— Bon, comme vous voudrez, dit Lombard. A.N. O'Nyme est l'un de nous. Pas d'exception à la règle. Nous sommes tous candidats.

— Ce que je professe, déclara le juge Wargrave, c'est qu'il ne saurait y avoir d'exception fondée sur la *réputation*, la *situation sociale* ou la *probabilité*. Ce qu'il nous faut examiner maintenant, c'est la possibilité d'éliminer une ou plusieurs personnes sur la base des *faits*. En clair, y a-t-il parmi nous une ou plusieurs personnes qui n'ont pas eu l'occasion d'administrer du cyanure à Anthony Marston, une trop forte dose de somnifère à Mme Rogers, ou d'asséner le coup qui a tué le général Macarthur ?

Le visage épais de Blore s'éclaira. Il se pencha en avant.

— Voilà qui est parlé, monsieur ! C'est la bonne façon de s'y prendre ! Bon, voyons voir. Dans le cas du jeune Marston, je ne crois pas qu'on arrivera à grand-chose. Quelqu'un a suggéré qu'on aurait pu verser le poison, de l'extérieur, avant que Marston ne remplisse son verre pour la dernière fois. Une personne présente dans la pièce aurait pu le faire encore plus facilement. Je ne me souviens pas si Rogers était dans le salon à ce moment-là, mais tous les autres étaient à pied d'œuvre.

Il marqua un temps avant de poursuivre :

— Prenons maintenant Mme Rogers. Les suspects qui émergent du lot sont le mari et le médecin. Pour l'un comme pour l'autre, c'était simple comme bonjour.

Armstrong se leva d'un bond. Il tremblait :

— Je proteste… cette accusation est absolument injustifiée ! Je jure que la dose que j'ai administrée à cette femme était parfaitement…

— Docteur Armstrong.

La petite voix aigrelette était impérieuse. Avec un haut-le-corps, le médecin s'interrompit au milieu de sa phrase. La petite voix poursuivit avec froideur :

— Votre indignation est bien naturelle. Vous devez néanmoins admettre qu'il faut regarder les choses en face. Vous ou Rogers auriez *pu* administrer la dose fatale sans la moindre difficulté. Considérons maintenant la situation des autres personnes présentes. Quelle possibilité avions-nous, moi, l'inspecteur Blore, Mlle Brent, Mlle Claythorne et M. Lombard d'administrer le poison ? Peut-on éliminer catégoriquement l'un ou l'autre d'entre nous ?... Je ne le pense pas.

— Je ne l'ai même pas approchée, cette femme ! s'emporta Vera. Vous en êtes tous témoins.

Le juge Wargrave attendit une minute, puis enchaîna :

— Pour autant que ma mémoire soit fidèle, les faits sont les suivants – corrigez-moi si je me trompe, voulez-vous ? Anthony Marston et M. Lombard ont transporté Mme Rogers sur le divan, où le Dr Armstrong l'a auscultée. Il a envoyé Rogers chercher du cognac. Quelqu'un a alors soulevé la question de savoir d'où provenait la voix que nous venions d'entendre. Nous sommes tous passés dans la pièce voisine, à l'exception de Mlle Brent qui est restée dans le salon... seule avec la femme évanouie.

Des taches rouges colorèrent les joues d'Emily Brent. Elle s'arrêta de tricoter :

— Cette insinuation est scandaleuse !

Impitoyable, la petite voix reprit :

— Lorsque nous sommes revenus dans le salon, mademoiselle Brent, vous étiez penchée sur Mme Rogers.

— La compassion la plus élémentaire serait-elle un crime ? demanda Emily Brent.

— Je me contente d'établir les faits, rétorqua le juge Wargrave. Rogers est arrivé sur ces entrefaites avec le cognac – que, naturellement, il aurait pu empoisonner avant d'entrer dans la pièce. On a fait boire le cognac à Mme Rogers et, peu après, son mari et le Dr Armstrong l'ont aidée à monter se coucher. Là, le Dr Armstrong lui a donné un sédatif.

— C'est exactement ce qui s'est passé ! jubila bruyamment Blore. Ce qui exclut le juge, M. Lombard, Mlle Claythorne et moi-même.

Le juge Wargrave le considéra d'un œil froid.

— Ah, vous croyez ? murmura-t-il. Nous devons prendre en compte *toutes les possibilités*.

Blore ouvrit des yeux ronds :

— Je ne vous suis pas.

— Là-haut, dans sa chambre, Mme Rogers est couchée sur son lit, expliqua le juge Wargrave. Le sédatif que le médecin lui a donné commence à agir. Elle est vaguement somnolente, apathique. Supposez qu'à ce moment-là on frappe à sa porte et que quelqu'un entre en lui apportant, mettons, un comprimé ou une potion, avec la consigne suivante : « Le docteur vous demande de prendre ça. » Croyez-vous vraiment qu'elle ne l'aurait pas avalé docilement, sans se poser de questions ?

Il y eut un silence. Blore agitait les pieds et fronçait les sourcils.

— Je ne crois pas un instant à cette histoire, dit Philip Lombard. D'ailleurs, aucun de nous n'a quitté cette pièce durant les heures qui ont suivi. Il y a eu la mort de Marston et tout le reste.

— Quelqu'un aurait pu se faufiler hors de sa chambre… plus tard, fit observer le juge.

— Mais à ce moment-là, Rogers aurait été là-haut, objecta Lombard.

Le Dr Armstrong intervint :

— Non. Rogers était en bas, en train de ranger la salle à manger et l'office. N'importe qui aurait pu monter dans la chambre de sa femme sans être vu.

— Tout de même, docteur, dit Emily Brent, avec la drogue que vous lui aviez donnée, elle devait être profondément endormie ?

— Selon toute vraisemblance, oui. Mais ce n'est pas une certitude. Tant qu'on n'a pas prescrit plusieurs fois tel ou tel médicament à un malade, on ne peut pas prévoir comment il réagira. Dans certains cas, un sédatif peut mettre très longtemps à agir. Cela dépend de l'idiosyncrasie du patient vis-à-vis de cette drogue particulière.

— Normal que *vous* disiez ça, docteur, déclara Lombard. Ça arrange bien vos affaires, pas vrai ?

De nouveau, le visage d'Armstrong s'empourpra de colère.

Mais la petite voix froide et objective lui figea derechef les mots sur les lèvres :

— Récriminer ne donnera aucun résultat. Nous devons nous en tenir aux faits. Il est établi, je pense, que le scénario que je viens d'évoquer a effectivement pu se produire. La probabilité est faible, j'en conviens ; mais, là encore, tout dépend de la personne qui serait montée. Mlle Brent ou Mlle Claythorne n'auraient suscité aucun étonnement chez la malade. Je reconnais, en revanche, qu'une visite de M. Blore, de M. Lombard ou de moi-même aurait semblé pour le moins insolite ; je pense néanmoins que cela n'aurait pas vraiment éveillé les soupçons de la victime.

— Et tout ça, fit Blore, ça nous mène… *où* ?

VII

Le juge Wargrave se tapotait la lèvre. Il semblait dépourvu de toute passion, quasi inhumain.

— Nous en avons donc fini avec le deuxième meurtre, reprit-il, et nous sommes arrivés à la conclusion qu'aucun de nous ne pouvait être mis formellement hors de cause.

Il s'interrompit un instant avant d'enchaîner :

— Venons-en maintenant à la mort du général Macarthur. Cela s'est passé ce matin. Je demanderai à ceux ou celles qui pensent avoir un alibi d'en faire état de manière concise. Pour ma part, j'indique tout de suite que je n'ai aucun alibi valable. J'ai passé la matinée sur la terrasse, à méditer sur la situation singulière dans laquelle nous nous trouvons.

» Je suis resté dans mon fauteuil toute la matinée, jusqu'au coup de gong, mais sans doute y a-t-il eu plusieurs moments où personne ne m'observait et où il m'aurait été possible de descendre sur le rivage, de tuer le général et de regagner ma place. Vous n'avez que ma parole sur le fait que je n'ai pas quitté la terrasse un seul instant. En l'occurrence, ce n'est pas suffisant. Il nous faut des *preuves*.

— J'ai passé toute la matinée avec M. Lombard et le Dr Armstrong, dit Blore. Ils peuvent en témoigner.

— Vous êtes revenu ici chercher une corde, rappela le Dr Armstrong.

— Oui, et alors ? J'ai juste fait l'aller-retour. Vous le savez bien.

— Vous avez mis longtemps..., dit Armstrong.

Blore vira au cramoisi.

— Que diable entendez-vous par là, docteur ?

— Je dis simplement que vous avez mis longtemps, répéta Armstrong.

— Il fallait bien la trouver, non ? On ne dégote pas un rouleau de corde en deux secondes.

Le juge Wargrave intervint :

— Pendant l'absence de l'inspecteur Blore, êtes-vous restés tous les deux ensemble, messieurs ?

— Évidemment ! répondit Armstrong avec feu. Enfin... Lombard est parti quelques minutes. Moi, je suis resté où j'étais.

— Je voulais voir s'il était possible de communiquer avec la côte par signaux optiques, dit Lombard en souriant. Je cherchais le meilleur emplacement. Je ne me suis absenté qu'une ou deux minutes.

Armstrong acquiesça :

— C'est exact. Pas assez longtemps pour commettre un meurtre, je peux vous l'assurer.

— L'un de vous a-t-il consulté sa montre ? demanda le juge.

— Ma foi, non.

— Je n'en portais pas, dit Philip Lombard.

— Une minute ou deux, c'est bien vague, observa le juge d'une voix égale.

Il tourna la tête vers la silhouette assise bien droite dans son fauteuil, son tricot sur les genoux :

— Mademoiselle Brent ?

— Je suis montée au sommet de l'île avec Mlle Claythorne. Ensuite, je me suis installée au soleil sur la terrasse.

— Il ne me semble pas vous avoir remarquée, dit le juge.

— Non, j'étais à l'angle de la maison, du côté est. À l'abri du vent.

— Et vous n'en avez pas bougé jusqu'au déjeuner ?

— Non.

— Mademoiselle Claythorne ?

— En début de matinée, j'étais avec Mlle Brent, répondit aussitôt Vera. Ensuite, je me suis un peu promenée au hasard. Et puis je suis descendue sur le rivage et j'ai bavardé avec le général Macarthur.

Le juge Wargrave l'interrompit :

— Quelle heure était-il ?

Cette fois, Vera se montra plus vague :

— Je ne sais pas. Ça devait être environ une heure avant le déjeuner… peut-être même moins.

— C'était après que nous lui avons parlé ou avant ? demanda Blore.

— Je n'en sais rien. Il… il était très bizarre.

Elle frissonna.

— Comment cela, bizarre ? s'enquit le juge.

— Il disait que nous allions tous mourir…, murmura

Vera d'une voix sourde. Il disait qu'il attendait la fin. Il… il m'a effrayée…

Le juge hocha la tête :

— Qu'avez-vous fait ensuite ?

— Je suis rentrée. Et puis, juste avant le déjeuner, je suis ressortie et j'ai grimpé derrière la maison. Je ne tenais pas en place.

Le juge Wargrave se caressa le menton :

— Reste Rogers. Mais je doute que son témoignage ajoute quoi que ce soit à ce que nous savons.

Convoqué devant le tribunal, Rogers eut bien peu de chose à déclarer. Il avait vaqué toute la matinée à ses occupations domestiques et à la préparation du déjeuner. Avant le repas, il avait servi les cocktails sur la terrasse, puis il était monté dans la mansarde pour déménager ses affaires. Il n'avait à aucun moment regardé par la fenêtre et n'avait rien vu qui ait pu avoir un rapport avec la mort du général Macarthur. Il était prêt à jurer qu'il y avait huit figurines de porcelaine sur la table de la salle à manger quand il avait mis le couvert pour le déjeuner.

Un silence suivit la déposition de Rogers. Le juge Wargrave s'éclaircit la gorge.

Lombard glissa à l'oreille de Vera Claythorne :

— Et maintenant, place au résumé des débats !

— Nous avons enquêté, du mieux que nous avons pu, sur les circonstances de ces trois décès, déclara le juge. Bien que, selon toute probabilité, certaines personnes puissent, suivant les crimes envisagés, être mises hors de cause, rien ne nous permet de les décharger à coup sûr du soupçon de complicité. Je le répète, j'ai l'intime conviction que, des sept personnes assemblées dans cette pièce, l'une est un criminel dangereux, probablement un aliéné. Nous ne disposons d'aucun indice quant à l'identité de cet individu. Tout ce que nous pouvons faire dans l'immédiat, c'est réfléchir aux mesures à prendre pour communiquer avec la côte et demander du secours. Et, au cas où les secours tarderaient – ce qui est à craindre étant donné les conditions atmosphériques –, nous devons songer aux mesures à adopter pour assurer notre sécurité.

» Je vous demande à tous de bien réfléchir à ces deux points et de me faire part des suggestions qui vous viendraient à l'esprit. En attendant, je recommande instamment à chacun de se tenir sur ses gardes. Jusqu'ici, le meurtrier a eu la tâche facile dans la mesure où ses victimes étaient sans méfiance. À partir de maintenant, il nous incombe de nous soupçonner mutuellement, tous autant que nous sommes. Un homme averti en vaut deux. Ne prenez pas de risques et soyez à l'affût du danger. Ce sera tout.

— L'audience est levée…, ricana tout bas Philip Lombard.

Chapitre 10

I

— Vous y croyez, vous ? s'enquit Vera.

Lombard et elle étaient assis sur la banquette, devant la fenêtre du salon. Dehors, il pleuvait à torrents et le vent, qui mugissait et soufflait en rafales, faisait trembler les vitres.

Philip Lombard pencha légèrement la tête de côté :

— Vous me demandez si je crois que le vieux Wargrave a raison d'affirmer que l'assassin est l'un de nous ?

— Oui.

— Difficile de répondre, marmonna Philip Lombard, songeur. Logiquement, il a raison, et pourtant…

Vera lui ôta les mots de la bouche :

— Et pourtant, ça paraît tellement incroyable !

Philip Lombard fit la grimace.

— Toute cette histoire est incroyable ! En tout cas, après la mort de Macarthur, une chose est sûre. Il n'est plus question d'accidents ni de suicides. Ce sont bel et bien des meurtres. Trois, à l'heure qu'il est.

Vera frissonna.

— C'est comme un mauvais rêve, dit-elle. Je ne peux pas m'ôter de l'idée que des choses pareilles, ça n'*arrive* pas !

— Je sais, dit-il, compréhensif. Dans un instant, on va frapper à la porte de votre chambre et vous apporter le petit déjeuner au lit.

— Oh, si seulement ça pouvait être vrai !

— Oui, mais n'y comptez pas, répliqua Philip Lombard avec gravité. Nous faisons tous partie du mauvais rêve ! Et dorénavant, nous avons rudement intérêt à être sur nos gardes.

Vera baissa la voix :

— Si… si c'est *vraiment* l'un d'entre eux… lequel est-ce, à votre avis ?

Philip Lombard eut un sourire subit :

— Vous nous excluez du lot tous les deux ? Remarquez, ça me va. Je sais pertinemment que je ne suis pas l'assassin, et je ne crois pas qu'il y ait une once de folie en vous, Vera. Pour moi, vous êtes la fille la plus saine et la plus équilibrée que j'aie jamais rencontrée. Je parierais ma réputation sur votre santé mentale.

— Merci, répondit Vera avec un sourire teinté d'ironie.

— Eh bien, mademoiselle Vera Claythorne, qu'attendez-vous pour me retourner le compliment ?

Vera hésita un instant. Enfin, elle dit :

— Vous avez reconnu vous-même que la vie humaine n'avait rien de particulièrement sacré à vos yeux. Malgré tout, je ne vous vois pas dans le rôle de… de l'homme qui a enregistré ce disque.

— Bien vu, approuva Lombard. Si je devais commettre un meurtre – ou plusieurs –, ce serait uniquement pour le bénéfice que je pourrais en tirer. Ce nettoyage en série, ce n'est pas mon style. Bon, maintenant que nous nous sommes éliminés, concentrons-nous sur nos cinq compagnons de détention. Lequel d'entre eux est A.N. O'Nyme ? Au hasard, et sans aucun argument à l'appui, je miserais sur Wargrave !

— Ah ? fit Vera, surprise.

Elle réfléchit un instant avant de demander :

— Pourquoi ?

— Difficile à dire précisément. D'abord, c'est un vieil homme qui a présidé des tribunaux pendant des années. En d'autres termes, il s'est longtemps pris pour Dieu le Père dix mois par an. Ça doit finir par monter à la tête. Il en arrive à se croire omnipotent, détenteur du droit de vie et de mort sur tout un chacun… et, pour peu qu'il ait perdu la boule, il a pu être tenté de sauter le pas, de devenir à la fois le Juge Suprême et le Bourreau.

— Oui, ça n'est pas *impossible*…, murmura lentement Vera.

— Et vous, sur qui misez-vous ? demanda Lombard.

Elle n'eut aucune hésitation :

— Le Dr Armstrong.

Lombard émit un sifflement étouffé :

— Le toubib ? Moi, je l'aurais placé en dernier.

Vera secoua la tête :

— Oh, non ! Deux des meurtres ont été commis avec du poison. Ça désigne plutôt un médecin. Et puis n'oubliez pas que la seule chose que Mme Rogers ait avalée hier soir, à notre connaissance, c'est le somnifère qu'il lui a administré.

— Oui, c'est vrai, reconnut Lombard.

— Si un médecin devenait fou, insista Vera, personne ne s'en apercevrait avant un bon bout de temps. Et les médecins travaillent trop et vivent sur les nerfs.

— Oui, dit Philip Lombard, mais je doute qu'il ait pu tuer Macarthur. Je ne l'ai laissé seul qu'une minute, il n'en aurait pas eu le temps… à moins de faire l'aller-retour en quatrième vitesse, et je ne pense pas qu'il soit en assez bonne condition physique pour y arriver sans montrer des signes de fatigue.

— Il ne l'a pas tué à ce moment-là, dit Vera. Il en a eu l'occasion un peu plus tard.

— Quand ça ?

— Quand il est allé chercher le général pour le déjeuner.

De nouveau, Philip siffla entre ses dents :

— Vous croyez qu'il aurait fait le coup à ce moment-là ? Sacrément gonflé.

— Qu'est-ce qu'il risquait ? riposta Vera avec impatience. Il est le seul ici à avoir des connaissances médicales. S'il jure que la mort remonte à plus d'une heure, qui ira le contredire ?

Philip la regarda, pensif :

— Vous savez que votre idée n'est pas bête du tout. Je me demande…

II

— Qui est-ce, monsieur Blore ? Voilà ce que je veux savoir. Qui est-ce ?

Le visage de Rogers était ravagé de tics. Ses mains étaient crispées sur un chiffon à poussière.

— Toute la question est là, mon gars ! répondit l'ex-inspecteur Blore.

— « L'un d'entre nous », a dit monsieur le juge. Mais lequel ? Voilà ce que je veux savoir. Qui c'est, ce démon incarné ?

— Ça, dit Blore, c'est ce que nous voudrions tous savoir.

— Mais vous avez bien une idée, monsieur Blore, dit Rogers d'un air entendu. Vous avez bien une idée, pas vrai ?

— J'en ai peut-être une, murmura Blore d'une voix lente. Mais de là à être sûr… Je peux me tromper. Tout ce que je peux dire, c'est que si j'ai raison, le personnage en question n'a pas froid aux yeux… ça non, il n'a pas froid aux yeux !

Rogers essuya son front en sueur :

— C'est un cauchemar, voilà ce que c'est, dit-il d'une voix rauque.

Blore le regarda avec curiosité :

— Et vous, Rogers, vous avez une idée ?

Le majordome secoua la tête :

— Aucune. Absolument aucune. Et c'est ça qui me met la peur au ventre : je n'ai pas la moindre idée…

III

— Il faut que nous partions d'ici, dit le Dr Armstrong avec véhémence. Il le faut… Il le faut ! À tout prix !

Pensif, le juge Wargrave regardait par la fenêtre du fumoir. Il jouait machinalement avec le cordon de son lorgnon :

— Je ne me prétends pas expert en météorologie. Mais – à supposer qu'on soit au courant de notre situation critique – il est fort peu probable qu'un bateau puisse aborder l'île avant vingt-quatre heures… Et encore, seulement si le vent tombe.

Le Dr Armstrong se prit la tête dans les mains.

— Et d'ici là, gémit-il, nous serons peut-être tous assassinés dans nos lits ?

— J'espère que non, répondit le juge Wargrave. J'ai l'intention de prendre toutes les précautions possibles pour parer à cette éventualité.

Le Dr Armstrong se fit la réflexion que les vieillards comme le juge étaient beaucoup plus attachés à la vie que les hommes plus jeunes. Ça l'avait souvent étonné au cours de sa carrière. Lui, qui avait sans doute une vingtaine d'années de moins, possédait un instinct de conservation infiniment moins développé que celui du juge.

« Assassinés dans nos lits ! se disait le juge Wargrave. Tous les mêmes, ces médecins : ils pensent par clichés. Pas une once d'originalité. »

— Nous avons déjà eu trois victimes, ne l'oubliez pas, insista Armstrong.

— Certes. Mais vous, n'oubliez pas qu'elles ont été attaquées par surprise. Nous, en revanche, nous sommes prévenus.

— Que pouvons-nous faire ? dit le Dr Armstrong avec amertume. Tôt ou tard…

— À mon sens, répondit le juge Wargrave, nous pouvons faire plusieurs choses.

— Nous ne savons même pas qui ça peut être…

Le juge se caressa le menton.

— Je ne suis pas de cet avis, murmura-t-il.

Armstrong le regarda, médusé :

— Vous voulez dire que vous *savez* ?

— Pour ce qui est des preuves matérielles, nécessaires devant un tribunal, je reconnais n'en avoir aucune, déclara le juge Wargrave avec prudence. Mais il me semble, si je récapitule toute l'affaire, qu'une personne bien précise se trouve assez clairement désignée. Oui, j'en suis convaincu.

Armstrong le dévisagea.

— Je ne comprends pas, dit-il.

IV.

Mlle Brent était en haut, dans sa chambre.

Elle prit sa bible et alla s'asseoir près de la fenêtre.

Elle ouvrit le livre. Puis, après un instant d'hésitation, elle le posa et se dirigea vers la coiffeuse. De l'un des tiroirs, elle sortit un petit carnet à couverture noire.

Elle l'ouvrit et commença à écrire.

Il s'est passé une chose terrible. Le général Macarthur est mort. (Son cousin a épousé Elsie MacPherson.) Il ne fait pas l'ombre d'un doute qu'il a été assassiné. Après le déjeuner, le juge nous a fait un exposé des plus intéressants. Il est convaincu que le meurtrier est l'un de nous. Cela signifie que l'un de nous est possédé du démon. Je m'en doutais déjà. De qui peut-il bien s'agir ? Ils se le demandent tous. Je suis la seule à savoir...

Elle resta un moment sans bouger. Son regard peu à peu se fit vague, brumeux. Le crayon se mit à zigzaguer entre ses doigts. En capitales maladroites, tremblées, elle écrivit :

LA MEURTRIÈRE S'APPELLE BEATRICE TAYLOR...

Ses yeux se fermèrent.

Tout à coup, elle se réveilla en sursaut. Elle regarda son carnet. Avec une exclamation de colère, elle déchiffra sa dernière phrase, griffonnée à la diable.

— J'ai écrit ça, *moi* ? murmura-t-elle à voix basse. Moi ? *Ma parole, je deviens folle...*

V

La tempête redoublait de violence. Le vent cinglait en hurlant le pignon de la maison.

Ils étaient tous assis dans le salon. Abattus, serrés les uns contre les autres. Et, furtivement, ils s'observaient.

Ils sursautèrent lorsque Rogers entra avec le plateau du thé.

— Voulez-vous que je tire les rideaux ? proposa-t-il. Ça mettrait comme un peu de gaieté.

Avec leur accord, il ferma les rideaux et alluma les lampes. La pièce devint plus accueillante. Les ombres se dissipèrent un peu. Demain, sûrement, la tempête serait calmée et quelqu'un viendrait… un bateau arriverait…

— Désirez-vous servir le thé, mademoiselle Brent ? demanda Vera Claythorne.

— Non, ma chère, je vous laisse faire, répondit la vieille demoiselle. Cette théière est trop lourde. Et j'ai égaré deux écheveaux de laine grise. C'est bien contrariant.

Vera se dirigea vers la table à thé. On entendit un joyeux tintement de porcelaine. Comme un retour à la normale.

Le thé ! Béni soit le rituel quotidien du thé de 5 heures ! Philip Lombard lança une remarque amusante. Blore en fit autant. Le Dr Armstrong raconta une histoire drôle. Le juge Wargrave, qui, d'ordinaire, abhorrait le thé, but le sien à petites gorgées, apparemment avec plaisir.

Dans cette atmosphère détendue, Rogers réapparut.

Un Rogers passablement agité.

— Excusez-moi, monsieur, balbutia-t-il sans s'adresser à personne en particulier, mais quelqu'un sait-il ce qu'est devenu le rideau de la salle de bains ?

Lombard leva vivement la tête :

— Le rideau de la salle de bains ? De quoi diable parlez-vous, Rogers ?

— Il a disparu, monsieur. Volatilisé. Je faisais le tour de la maison pour fermer les rideaux quand je me suis aperçu que celui des toil… de la salle de bains n'était plus là.

— Il y était ce matin ? s'enquit le juge Wargrave.

— Oh ! oui, monsieur.

— C'était quel genre de rideau ? intervint Blore.

— De la toile cirée rouge, monsieur. Assortie au carrelage.

— Et il a disparu ? dit Lombard.

— Disparu, monsieur.

Ils échangèrent des regards perplexes.

— Bon… et alors ? soupira Blore. C'est insensé, d'accord… mais pas plus que le reste. En tout cas, ça n'a pas d'importance. On ne peut pas tuer quelqu'un avec un rideau en toile cirée. N'y pensez plus.

— Bien, monsieur. Merci, monsieur, dit Rogers.

Il sortit en refermant la porte derrière lui.

Dans le salon, la chape de peur était retombée sur les invités.

De nouveau, furtivement, ils s'observaient.

VI

Le dîner fut servi, avalé, débarrassé. Un repas simple, à base de conserves.

Après quoi, dans le salon, la tension devint presque insupportable.

À 9 heures, Emily Brent se leva.

— Je vais me coucher, dit-elle.

— Moi aussi, dit Vera.

Elles montèrent l'escalier, escortées de Lombard et de Blore. Arrivés sur le palier, les deux hommes attendirent qu'elles soient entrées dans leurs chambres respectives et qu'elles aient fermé leur porte. Ils entendirent le bruit de deux verrous qu'on poussait et de deux clefs qu'on tournait.

— Pas besoin de leur dire de s'enfermer ! fit Blore, hilare.

— En tout cas, *elles* sont en sécurité pour la nuit ! répliqua Lombard.

Il redescendit, suivi de Blore.

VII

Les quatre hommes allèrent se coucher une heure plus tard. Ils se retirèrent ensemble. De la salle à manger où il mettait le couvert du petit déjeuner, Rogers les vit monter l'escalier. Il les entendit s'arrêter sur le palier du premier étage.

Puis la voix du juge lui parvint :

— Je ne saurais trop vous recommander, messieurs, de fermer vos portes à clef.

— Sans oublier de caler une chaise sous la poignée, renchérit Blore. Il existe des moyens d'ouvrir une serrure de l'extérieur.

— L'ennui avec vous, mon cher Blore, murmura Lombard, c'est que vous connaissez trop de trucs !

— Bonne nuit, messieurs, dit le juge avec gravité. Puissions-nous tous nous retrouver sains et saufs demain matin !

Rogers sortit de la salle à manger et grimpa furtivement l'escalier jusqu'à mi-étage. Il vit quatre silhouettes disparaître dans quatre chambres. Il entendit quatre clefs tourner dans leurs serrures et quatre verrous claquer.

Il hocha la tête.

— C'est bon, marmonna-t-il.

Il retourna dans la salle à manger. Oui, tout était prêt pour le lendemain matin. Son regard s'attarda sur le socle en verre, au centre de la table, et sur les sept figurines de porcelaine qui y étaient disposées.

Un sourire éclaira son visage.

— En tout cas, je vais faire en sorte que personne ne vienne nous jouer des tours cette nuit, murmura-t-il.

Traversant la pièce, il ferma à clef la porte de communication avec l'office. Puis il sortit par celle qui donnait sur le hall, la ferma également à double tour et glissa la clef dans sa poche.

Après avoir éteint les lumières, il monta rapidement l'escalier et entra dans sa nouvelle chambre.

Il commença par jeter un coup d'œil dans la haute penderie, qui était la seule cachette possible. Puis, ayant fermé sa porte à clef et au verrou, il se prépara à se coucher.

— Pas d'escamotage de petits soldats cette nuit, dit-il tout haut. J'ai veillé au grain…

Chapitre 11

I

Philip Lombard se réveillait toujours à l'aube. Ce matin-là ne fit pas exception à la règle. Il se souleva sur un coude et tendit l'oreille. Le vent avait un peu faibli mais soufflait encore. En revanche, la pluie semblait avoir cessé…

À 8 heures, le vent redoubla mais Lombard ne l'entendit pas. Il s'était rendormi.

À 9 heures et demie, assis au bord de son lit, il regarda sa montre. Il la porta à son oreille. Ses lèvres se retroussèrent, esquissant ce curieux sourire carnassier qui lui était propre.

« Je crois que le moment est venu de faire quelque chose », murmura-t-il.

À 10 heures moins 25, il frappait à la porte de Blore.

Celui-ci ouvrit avec circonspection. Il avait les cheveux ébouriffés, les yeux encore ensommeillés.

— Vous faites le tour du cadran ? dit aimablement Lombard. Ma foi, ça prouve que vous avez la conscience tranquille.

— Qu'est-ce qui se passe ? demanda Blore d'un ton bref.

— Est-ce qu'on vous a appelé – ou apporté du thé ? Vous savez l'heure qu'il est ?

Blore jeta un coup d'œil à la pendulette de voyage qui se trouvait sur sa table de chevet :

— 10 heures moins 25 ! Je n'aurais jamais cru que je pourrais dormir si longtemps. Où est Rogers ?

— C'est là que l'écho répond : « Où ? »

— Qu'est-ce que ça veut dire ? demanda vivement Blore.

— Ça veut dire que Rogers a disparu. Il n'est ni dans sa chambre ni ailleurs. Il n'y a pas de bouilloire sur le fourneau et le feu n'est même pas allumé.

Blore poussa un juron étouffé :

— Où diable peut-il être ? En vadrouille sur l'île ? Le temps que je m'habille, allez voir si les autres savent quelque chose.

Philip Lombard hocha la tête. Il passa en revue la rangée de portes closes.

Il trouva Armstrong debout et presque prêt. Le juge Wargrave, tout comme Blore, dut être tiré du lit. Vera Claythorne était habillée. La chambre d'Emily Brent était vide.

Le petit groupe fit le tour de la maison. Comme l'avait annoncé Philip Lombard, Rogers n'était pas dans sa chambre. Le lit était défait ; son rasoir, son gant de toilette et son savon étaient mouillés.

— En tout cas, il s'est levé, dit Lombard.

D'une voix sourde, qu'elle s'efforçait de rendre ferme et assurée, Vera dit :

— Vous ne croyez pas qu'il est… qu'il est caché quelque part… à nous guetter ?

— Je suis prêt à croire n'importe quoi de n'importe qui, ma chère petite ! répondit Lombard. Je propose que nous restions ensemble jusqu'à ce que nous l'ayons retrouvé.

— Il doit être quelque part sur l'île, dit Armstrong.

Blore, qui les avait rejoints, habillé mais non rasé, intervint :

— Et où est passée Mlle Brent ? Ça aussi, c'est un mystère !

Mais comme ils débouchaient dans le hall, Emily Brent arriva par la porte d'entrée. Elle était en imperméable.

— La mer est toujours aussi forte, annonça-t-elle. Je serais surprise qu'un bateau puisse venir aujourd'hui.

— Vous êtes allée vous promener toute seule dans l'île, mademoiselle Brent ? s'exclama Blore. Vous vous rendez compte que c'est la dernière chose à faire ?

— Je puis vous assurer, monsieur Blore, rétorqua Mlle Brent avec hauteur, que j'ai fait extrêmement attention.

Blore émit un grognement.

— Vous avez aperçu Rogers ?

Mlle Brent haussa les sourcils :

— Rogers ? Non, je ne l'ai pas vu de la matinée. Pourquoi ?

Le juge Wargrave, rasé, habillé et dentier en place, descendit l'escalier. Il se dirigea vers la porte de la salle à manger, qui était ouverte :

— Ah ! le couvert du petit déjeuner est mis, à ce que je vois.

— Il a pu le faire hier soir, dit Lombard.

Ils entrèrent tous. Les assiettes et les couverts étaient soigneusement disposés. Les tasses, alignées sur la desserte. Le dessous-de-plat de feutre prêt à recevoir la cafetière.

Ce fut Vera qui s'en aperçut la première. Elle saisit le bras du juge, qui grimaça sous l'étreinte des doigts vigoureux.

— Les petits soldats ! s'exclama-t-elle. Regardez !

Il ne restait plus que six figurines de porcelaine au milieu de la table.

II

Ils le découvrirent peu après.

Il était dans la buanderie, au fond de la cour. Il avait été surpris alors qu'il coupait du petit bois pour allumer la cuisinière. Il tenait encore la hachette à la main. Une hache plus grande, beaucoup plus lourde, était appuyée contre la porte. Le fer de l'instrument, souillé de taches brunâtres, ne correspondait que trop bien à la profonde blessure que Rogers avait à l'arrière du crâne…

III

— C'est limpide, dit Armstrong. Le meurtrier s'est glissé derrière lui, a brandi la hache et la lui a abattue sur la tête en profitant de ce qu'il était penché.

Blore était occupé à saupoudrer de farine le manche de la hache.

— Le coup exigeait-il une grande force physique, docteur ? demanda le juge Wargrave.

— Une femme aurait pu le faire, si c'est ce que vous voulez savoir, répondit Armstrong avec gravité.

Il lança un rapide regard circulaire. Vera Claythorne et Emily Brent s'étaient retirées dans la cuisine.

— La fille aurait pu le faire sans problème… elle est du genre athlétique. Quant à Mlle Brent, elle est frêle en apparence, mais, sous leur aspect filiforme, ces femmes-là sont souvent très vigoureuses. Et n'oubliez pas qu'un individu mentalement dérangé possède des réserves de force insoupçonnées.

Le juge acquiesça, pensif.

Blore se redressa avec un soupir.

— Pas d'empreintes, dit-il. Le manche a été essuyé après coup.

Un rire éclata dans leur dos qui les fit se retourner d'un bloc. Vera Claythorne était plantée au milieu de la cour. D'une voix stridente, secouée par l'hilarité, elle s'écria :

— Est-ce qu'on élève des abeilles sur cette île ? Dites-moi un peu ça ! Le miel, où va-t-on le chercher ? Ah, ah !

Ils la regardèrent sans comprendre. On aurait pu croire que la jeune femme, d'ordinaire saine et équilibrée, était devenue folle sous leurs yeux. De la même voix aiguë, elle reprit :

— Ne faites pas cette tête-là ! On dirait que vous me prenez pour une folle. Ma question tombe pourtant sous le sens. Abeilles, rucher, abeilles ! Allons, vous ne comprenez pas ? Vous n'avez donc pas lu cette comptine idiote ? Elle est accrochée dans toutes les chambres, pour que chacun puisse l'étudier à loisir ! Si nous avions eu un tant soit peu de jugeote, nous serions venus tout droit ici. *Sept p'tits soldats débitaient du p'tit bois.* Et le couplet suivant... Je les connais tous par cœur, vous pouvez me croire ! *Six p'tits soldats s'amusaient au rucher.* Voilà pourquoi je vous demande si on élève des abeilles sur cette île ? C'est drôle, non... ? Vous ne trouvez pas ça gondolant... ?

Elle repartit d'un grand rire hystérique. Le Dr Armstrong fit un pas vers elle et la gifla du plat de la main.

Le souffle coupé, Vera hoqueta... déglutit. Elle resta un moment immobile.

— Merci..., dit-elle enfin. Ça va, maintenant.

Elle avait retrouvé sa voix calme, normale – la voix du professeur d'éducation physique efficace avant tout.

— Nous vous préparons le petit déjeuner, Mlle Brent et moi, dit-elle avant de tourner les talons et de regagner la cuisine. Pouvez-vous nous apporter... du petit bois pour allumer le feu ?

Les doigts du médecin lui avaient laissé des marques rouges sur la joue.

Comme elle entrait dans la cuisine, Blore commenta :

— Pas à dire, docteur, vous avez réagi vite et fort.

— Bien obligé ! répondit Armstrong sur un ton d'excuse. Nous ne pouvons pas nous offrir des crises d'hystérie en plus du reste.

— Elle n'est pourtant pas du genre hystérique, dit Philip Lombard.

Armstrong en convint :

— Oh ! non. C'est une fille parfaitement saine et raisonnable. Simple réaction au choc. Ça peut arriver à n'importe qui.

Avant d'être tué, Rogers avait débité une certaine quantité de petit bois. Ils le rassemblèrent et l'emportèrent à la cuisine. Vera et Emily Brent étaient occupées, Mlle Brent à tisonner la cuisinière, Vera à découenner le bacon.

— Merci, dit Emily Brent. Nous allons faire le plus vite possible – comptez une demi-heure ou trois quarts d'heure. Le temps de faire chauffer la bouilloire.

IV

— Savez ce que je pense ? murmura d'une voix sourde l'ex-inspecteur Blore à Philip Lombard.

— Puisque vous allez me le dire, répondit Philip Lombard, pas la peine que je me creuse la cervelle à deviner.

L'ex-inspecteur Blore était un homme d'un grand

sérieux. Il ne comprenait pas l'humour. Il poursuivit, imperturbable :

— Il y a eu une affaire célèbre, en Amérique. Un vieux monsieur et sa femme… tous les deux tués à coups de hache. En plein milieu de la matinée. Personne dans la maison, à part la fille et la bonne. La bonne – c'était prouvé – ne pouvait pas avoir fait le coup. La fille était une respectable demoiselle entre deux âges. Ça paraissait incroyable. Tellement incroyable qu'on l'a acquittée. Mais on n'a jamais trouvé d'autre explication… J'ai repensé à cette histoire quand j'ai vu la hache… et quand je l'ai vue, *elle*, dans la cuisine, si calme, si impeccable. Ça ne lui avait fait ni chaud ni froid ! La fille, elle pique une crise de nerfs… ça, c'est normal – c'est le genre de réaction à laquelle on s'attend en pareil cas… pas vrai ?

— Peut-être bien, répondit Philip Lombard, laconique.

— Mais l'autre ! poursuivit Blore. Si nette, si guindée, drapée dans ce tablier – celui de Mme Rogers, je suppose – et qui vous dit froidement : « Le petit déjeuner sera prêt dans une demi-heure… » Si vous voulez mon avis, cette bonne femme est folle à lier ! Des tas de vieilles filles finissent comme ça… pas par commettre des meurtres en série, non, mais par perdre la boule. Malheureusement, c'est ce qui lui est arrivé. La folie mystique… elle se prend pour l'instrument de Dieu, quelque chose comme ça ! Elle passe des heures dans sa chambre à lire la Bible, vous savez.

— Ce n'est pas forcément une preuve de déséquilibre mental, soupira Philip Lombard.

Mais Blore, têtu comme une mule, se cramponnait à son idée :

— Et puis ce matin, elle est sortie… en imperméable, histoire d'aller regarder la mer – c'est du moins ce qu'elle raconte.

Lombard secoua la tête :

— Rogers a été tué alors qu'il coupait du bois… C'est-à-dire juste après s'être levé. La Brent n'aurait eu aucune raison de se balader pendant des heures une fois son crime commis. À mon avis, le meurtrier de Rogers se serait plutôt arrangé pour qu'on le trouve en train de ronfler dans son lit.

— Le point important vous échappe, monsieur Lombard. Si cette femme était innocente, elle aurait eu bien trop la frousse pour aller se promener toute seule. Elle ne pouvait le faire que *si elle était sûre qu'elle n'avait rien à craindre.* Autrement dit, *si c'était elle la meurtrière.*

— Oui, c'est un bon argument, reconnut Philip Lombard. Je n'y avais pas pensé… En tout cas, content de voir que vous ne me soupçonnez plus, ajouta-t-il avec un mince sourire.

— C'est vrai que j'avais d'abord misé sur vous, avoua Blore, penaud. À cause du revolver… et de la curieuse histoire que vous avez racontée… ou plutôt, que vous n'avez pas racontée. Mais je me rends compte maintenant que c'était un peu trop évident… Vous êtes du même avis en ce qui me concerne, j'espère ? reprit-il après un silence.

— Je peux me tromper, bien sûr, mais je ne pense pas que vous ayez l'imagination nécessaire, répondit

Lombard, songeur. Tout ce que je peux dire, c'est que si c'est vous l'assassin, vous êtes un sacré comédien et je vous tire mon chapeau.

Il baissa la voix :

— Entre nous, Blore, et puisque nous serons sans doute tous les deux transformés en macchabées d'ici vingt-quatre heures, vous pouvez me le dire : vous avez bien fait un faux témoignage, n'est-ce pas ?

Mal à l'aise, Blore se dandina d'un pied sur l'autre.

— Ça n'a plus grande importance, maintenant, répondit-il enfin. Bon, d'accord… Landor était innocent. Le gang m'avait graissé la patte et nous nous sommes arrangés pour l'expédier en taule. Mais attention, hein ! Pas question que je l'avoue…

— … en présence de témoins, acheva Lombard avec un grand sourire. Ça restera entre nous. J'espère au moins que vous avez touché un joli paquet.

— Pas autant que j'aurais dû. Des radins, les gars du gang Purcell. Mais enfin, j'ai eu mon avancement.

— Et Landor a été condamné et il est mort en prison.

— Je ne pouvais pas prévoir qu'il allait mourir, hein ? protesta Blore.

— Non, malheureusement pour vous.

— Pour moi ? Pour lui, vous voulez dire.

— Pour vous aussi. Parce que, à cause de ça, on dirait bien que votre existence va être désagréablement écourtée.

— La mienne ? fit Blore en écarquillant les yeux. Parce que vous croyez peut-être que je vais finir comme Rogers et les autres ? Jamais de la vie ! Je fais extrêmement attention à moi, vous pouvez me croire.

— Oh ! bon, je ne suis pas homme à parier, dit Lombard. De toute façon, si vous êtes mort, ce n'est pas vous qui viendrez me payer.

— Dites donc, monsieur Lombard, qu'entendez-vous par là ?

Philip Lombard sourit de toutes ses dents :

— J'entends par là, mon cher Blore, qu'à mon avis vous n'avez pas une chance !

— Quoi ?

— Votre manque d'imagination fait de vous la cible idéale. Un assassin aussi machiavélique qu'A.N. O'Nyme aura votre peau à la minute précise qu'il – ou elle – aura choisie.

Le visage de Blore vira au cramoisi.

— Et vous, alors ? lança-t-il avec colère.

Philip Lombard prit une expression dure, redoutable :

— Moi, j'ai de l'imagination à revendre. Je me suis déjà trouvé dans des situations difficiles, et je m'en suis toujours sorti ! Je pense – je dis bien : je *pense* – que je me sortirai aussi de celle-là.

V

Les œufs cuisaient dans la poêle. Tout en faisant griller du pain, Vera pensait :

« Qu'est-ce qui m'a pris de piquer cette crise de nerfs ? C'était une erreur. Du calme, ma fille, du calme. »

Après tout, ne s'était-elle pas toujours targuée de son parfait équilibre ?

« *Mlle Claythorne a été extraordinaire... elle n'a pas perdu la tête... elle a tout de suite plongé pour rattraper Cyril.* »

Pourquoi penser à ça maintenant ? C'était fini. Terminé... Cyril avait disparu bien avant qu'elle n'atteigne le rocher. Elle s'était senti emportée par le courant, entraînée vers le large. Elle s'était laissé porter – nageant à petites brasses, faisant la planche – jusqu'à ce que le bateau arrive enfin...

Tout le monde avait vanté son courage, son sang-froid...

Sauf Hugo. Hugo, lui, l'avait juste... dévisagée...

Mon Dieu ! que ça faisait mal, encore maintenant, de penser à Hugo...

Où était-il ? Que faisait-il ? Était-il fiancé... marié ?

— Vera, ce toast est en train de brûler, lui dit Emily Brent d'un ton sec.

— Oh ! je suis désolée. C'est vraiment idiot de ma part !

Emily Brent sortit le dernier œuf du beurre grésillant.

Tout en mettant une nouvelle tranche de pain dans le toasteur, Vera remarqua avec curiosité :

— Vous êtes formidablement calme, mademoiselle Brent.

Emily Brent pinça les lèvres :

— On m'a appris à garder la tête froide et à ne jamais faire de simagrées.

« Une enfance refoulée..., pensa machinalement Vera. Cela peut expliquer bien des choses... »

— Vous n'avez pas peur ? demanda-t-elle.

Après un silence, elle ajouta :

— Ou est-ce que ça vous est égal de mourir ?

Mourir ! Ce fut comme si une petite vrille bien aiguisée s'enfonçait dans le magma pétrifié du cerveau d'Emily Brent. Mourir ? Mais elle n'allait pas mourir, *elle* ! Les autres mourraient, oui, mais pas elle. Cette fille n'y comprenait rien ! Emily n'avait pas peur, bien sûr que non... Les Brent ignoraient la peur. Dans la famille, on était militaire de père en fils. On regardait la mort en face, sans ciller. On menait une vie droite – tout comme elle, Emily Brent, avait mené une vie droite... Elle n'avait jamais rien fait dont elle pût avoir honte... Par conséquent, il était clair qu'elle n'allait pas mourir...

« *Le Seigneur prend soin de ses créatures.* » « *Tu ne craindras ni les terreurs de la nuit, ni la flèche qui vole de jour...* » Il faisait grand jour, maintenant, elle n'éprouvait nulle terreur. « *Aucun de nous ne quittera cette île.* » Qui avait dit cela ? Ah ! oui : le général Macarthur, dont le cousin avait épousé Elsie MacPherson. Ça n'avait pas semblé le *troubler* outre mesure. Il avait même paru... oui, *soulagé* à cette perspective ! Immoral ! C'était presque sacrilège, un sentiment pareil. Certaines personnes font si peu de cas de la mort qu'elles en arrivent à attenter à leur vie. *Beatrice Taylor...* Cette nuit, Emily Brent avait rêvé de Beatrice – rêvé qu'elle était là, dehors, le visage pressé contre la vitre, à implorer en gémissant qu'on la laisse entrer. Mais Emily Brent n'avait pas voulu la laisser entrer. Parce que, si elle l'avait fait, quelque chose de terrible serait arrivé...

Dans un sursaut, Emily revint à la réalité. Cette fille la regardait d'un drôle d'air.

— Tout est prêt, n'est-ce pas ? dit-elle avec un entrain forcé. Alors, servons le petit déjeuner.

VI

Ce fut un repas étrange. Chacun se montrait d'une prévenance extrême :

— Voulez-vous encore un peu de café, mademoiselle Brent ?

— Une tranche de jambon, mademoiselle Claythorne ?

— Un autre toast ?

Six personnes, extérieurement calmes et normales. Mais intérieurement ? Des pensées qui tournaient en rond comme des écureuils en cage…

« *Et maintenant ? Et maintenant ? Qui ? Lequel ?* »

« *Est-ce que ça peut marcher ? Je me le demande... Mais ça vaut le coup d'essayer. Si nous en avons le temps. Si seulement nous en avons le temps…* »

« *Folie mystique, à tous les coups... Pourtant, à la regarder, on ne croirait jamais... Et si je me trompais... ?* »

« *C'est dingue... tout est dingue. Je deviens dingue. De la laine qui disparaît... des rideaux en toile cirée rouge... ça n'a ni queue ni tête. Je n'arrive pas à piger…* »

«L'imbécile ! Il a cru tout ce que je lui disais. Simple comme bonjour... Je dois quand même faire attention, très attention.»

«Six figurines de porcelaine... plus que six. Combien en restera-t-il ce soir... ?»

— Qui veut le dernier œuf?

— Un peu de confiture ?

— Merci, voulez-vous que je vous coupe une tranche de pain ?

Six personnes, au petit déjeuner, qui se comportaient normalement…

Chapitre 12

I

Le repas était terminé.

Le juge Wargrave s'éclaircit la gorge. D'une voix ténue mais pleine d'autorité, il déclara :

— Il serait sage, je pense, de nous réunir pour discuter de la situation. Disons… dans une demi-heure, au salon ?

Chacun donna son accord dans un murmure général.

Vera entreprit d'empiler les assiettes :

— Je vais desservir et faire la vaisselle.

— Nous allons tout vous apporter à l'office, dit Philip Lombard.

— Merci.

Emily Brent se leva et se rassit aussitôt :

— Allons bon…

— Ça ne va pas, mademoiselle Brent ? s'enquit le juge.

— Je suis désolée, dit Emily d'un ton d'excuse. J'aurais voulu aider Mlle Claythorne, mais je ne sais pas ce que j'ai. Je me sens un peu étourdie.

Le Dr Armstrong s'approcha d'elle :

— Étourdie, hein ? C'est bien naturel. Le contrecoup. Je peux vous donner quelque chose pour…

— Non !

Le cri avait jailli des lèvres d'Emily avec la violence d'une grenade explosive.

Ils en restèrent tous pantois. Le Dr Armstrong rougit violemment.

La peur et la méfiance se lisaient clairement sur le visage de Mlle Brent.

— À votre aise, mademoiselle, répondit-il avec raideur.

— Je ne veux rien prendre, dit-elle. Rien du tout. Je vais rester tranquillement assise jusqu'à ce que ça passe.

Ils achevèrent de débarrasser la vaisselle du petit déjeuner.

— Je suis un homme d'intérieur, dit Blore. Je vais vous donner un coup de main, mademoiselle Claythorne.

— Merci.

Emily Brent resta seule dans la salle à manger. Pendant un moment, elle entendit un léger murmure de voix en provenance de l'office.

Son vertige se dissipait. Elle se sentait engourdie, maintenant, comme si elle était à deux doigts de s'assoupir.

Elle avait un bourdonnement dans les oreilles… ou bien était-ce un bourdonnement dans la pièce ?

« On dirait une abeille… », pensa-t-elle.

Elle ne tarda pas à la voir. L'abeille grimpait à la vitre de la fenêtre.

Vera Claythorne avait parlé d'abeilles, ce matin. D'abeilles et de miel…

Elle aimait le miel. Le miel en rayon, qu'on faisait tomber goutte à goutte à travers un sac en mousseline. Ploc, ploc, ploc…

Il y avait quelqu'un dans la pièce… quelqu'un de tout trempé, qui dégoulinait… *Beatrice Taylor, sortie de la rivière…*

Emily n'avait qu'à tourner la tête pour la voir. Mais elle n'arrivait pas à tourner la tête…

Si elle appelait…

Mais elle n'arrivait pas à appeler…

Il n'y avait personne dans la maison. Elle était toute seule…

Elle entendit des pas… des pas traînants, feutrés, qui approchaient par-derrière. Les pas trébuchants de la noyée…

Un remugle d'humidité glacée remplit ses narines…

Sur la vitre, l'abeille bourdonnait… bourdonnait… Et soudain, elle sentit la piqûre.

La piqûre de l'abeille dans son cou…

II

Dans le salon, on attendait Emily Brent.

— Voulez-vous que j'aille la chercher ? proposa Vera Claythorne.

— Attendez une seconde ! lança Blore.

Vera se rassit. Tout le monde regarda Blore d'un air interrogateur.

— Écoutez, vous tous, dit-il, voilà mon opinion : il est inutile de chercher l'auteur de tous ces meurtres plus loin que la salle à manger, en cet instant même. Je suis prêt à jurer que cette femme est l'assassin qui nous nargue !

— Et le mobile ? demanda Armstrong.

— Folie mystique. Qu'en dites-vous, docteur ?

— C'est tout à fait possible, répondit Armstrong. Je n'ai pas d'arguments à vous opposer. Mais nous n'avons aucune preuve.

— Je l'ai trouvée très bizarre, tout à l'heure, pendant que nous préparions le petit déjeuner à la cuisine, dit Vera. Ses yeux…

Elle frissonna.

— Vous ne pouvez pas la juger là-dessus, répliqua Lombard. En ce moment, nous avons tous tendance à débloquer !

— Il y a autre chose, insista Blore. Après le coup du gramophone, elle a été la seule à refuser de s'expliquer. Pourquoi ? Parce qu'elle n'avait aucune explication à fournir.

Vera s'agita dans son fauteuil :

— Ce n'est pas tout à fait exact. Elle m'a tout raconté… plus tard.

— Et que vous a-t-elle raconté, mademoiselle Claythorne ? demanda Wargrave.

Vera répéta l'histoire de Beatrice Taylor.

— Voilà un récit dépourvu d'ambiguïté, fit

observer le juge Wargrave. Pour ma part, je serais tenté de l'accepter sans réserve. Dites-moi, mademoiselle Claythorne, vous a-t-elle paru éprouver un sentiment de culpabilité ou de remords pour l'attitude qu'elle avait eue dans cette affaire ?

— Pas le moindre, répondit Vera. Elle était absolument imperturbable.

— Des cœurs de pierre, ces vieilles filles à principes ! grommela Blore. Des envieuses, toutes autant qu'elles sont !

— Il est 11 heures moins 5, déclara le juge Wargrave. Je pense que nous devrions prier Mlle Brent de se joindre à notre assemblée.

— Vous ne comptez donc pas prendre des mesures ? protesta Blore.

— Je ne vois pas bien quelles mesures nous pourrions prendre, répondit le juge. Nos soupçons, pour le moment, ne sont que des soupçons. Je demanderai néanmoins au Dr Armstrong d'observer de très près le comportement de Mlle Brent. Et maintenant, allons dans la salle à manger.

Ils trouvèrent Emily Brent assise là où ils l'avaient laissée. De dos, ils ne remarquèrent rien d'anormal, sinon qu'elle ne semblait pas les avoir entendus entrer.

Et puis ils la virent de face, le visage congestionné, les lèvres bleuies, les yeux révulsés.

— Bon Dieu, s'exclama Blore, elle est morte !

III

— Encore l'une de nous acquittée... trop tard ! fit la petite voix posée du juge Wargrave.

Armstrong était penché sur la morte. Il lui renifla les lèvres, secoua la tête, lui examina les paupières.

— De quoi est-elle morte, docteur ? s'impatienta Lombard. Elle allait très bien quand nous l'avons quittée !

L'attention d'Armstrong était concentrée sur une marque, du côté droit du cou.

— Cette marque a été faite par une seringue hypodermique, dit-il.

Un bourdonnement leur parvint de la fenêtre.

— Regardez... une abeille ! s'écria Vera. Rappelez-vous ce que je vous ai dit ce matin !

— Ce n'est pas cette abeille qui l'a piquée ! fit observer Armstrong d'un air sombre. C'est une seringue, tenue par une main humaine.

— Quel poison lui a-t-on injecté ? demanda le juge.

— À priori, un cyanure quelconque, répondit Armstrong. Probablement du cyanure de potassium, comme pour Anthony Marston. La mort par asphyxie a dû être instantanée.

— Mais cette *abeille* ? s'exclama Vera. Ça n'est quand même pas une *coïncidence* ?

— Oh, non, ce n'est pas une coïncidence ! répliqua Lombard, la mine farouche. C'est la touche folklorique de notre assassin ! Un sacré plaisantin, celui-là.

Ça l'amuse de suivre au plus près les couplets de sa foutue comptine !

Pour la première fois, il parlait d'une voix tremblante, presque stridente. Comme si ses nerfs, pourtant aguerris par une longue carrière de périls et d'aventures dangereuses, avaient fini par lâcher.

— C'est fou… absolument fou ! lança-t-il avec violence. Nous sommes tous fous !

— Nous avons encore, je l'espère, nos facultés de raisonnement, dit calmement le juge. *Quelqu'un a-t-il apporté une seringue hypodermique dans cette maison ?*

Le Dr Armstrong se redressa et, d'une voix pas très assurée, répondit :

— Oui, moi.

Quatre paires d'yeux se fixèrent sur lui. Il se raidit face à l'hostilité profonde, soupçonneuse, de tous ces regards.

— J'en emporte toujours une avec moi, dit-il. Comme la plupart des médecins.

— Cela va de soi, déclara le juge Wargrave sans s'émouvoir. Voulez-vous nous dire, docteur, où se trouve actuellement cette seringue ?

— Dans ma valise, dans ma chambre.

— Nous pourrions peut-être aller vérifier de ce pas, dit Wargrave.

En une silencieuse procession, ils montèrent tous les cinq à l'étage.

On vida par terre le contenu de la valise. La seringue n'y était pas.

IV

— Quelqu'un a dû me la prendre ! s'écria Armstrong avec véhémence.

Silence dans la pièce.

Armstrong se tenait dos à la fenêtre. Quatre paires d'yeux, soupçonneux et accusateurs, le fixaient. Il les observa tour à tour, de Wargrave à Vera, en répétant d'une voix faible, désemparée :

— On a dû me la prendre, je vous dis !

Blore regarda Lombard, qui lui retourna son regard.

— Nous sommes cinq dans cette pièce, déclara le juge. *L'un de nous est un meurtrier.* La situation comporte un grave danger. Tout doit être mis en œuvre pour protéger les quatre d'entre nous qui sont innocents. Docteur Armstrong, permettez-moi de vous demander quels médicaments vous avez en votre possession.

— J'ai là une petite trousse médicale, répondit Armstrong. Vous pouvez l'examiner. Vous y trouverez quelques somnifères – du trional et des comprimés de sulfonal –, du bromure, du bicarbonate de soude et de l'aspirine. Rien d'autre. Je n'ai pas de cyanure en ma possession.

— Moi-même, j'ai des somnifères, dit le juge. Des comprimés de sulfonal, je crois. Je suppose qu'une dose suffisamment forte serait mortelle. Et vous, monsieur Lombard, vous avez un revolver.

— Et alors ? repartit vivement Philip Lombard.

— Alors, voilà : je propose que les médicaments du Dr Armstrong, mes comprimés de sulfonal, votre revolver – et toute autre drogue ou arme à feu pouvant se trouver dans cette maison – soient rassemblés et placés en lieu sûr. Et que nous nous soumettions tous, ensuite, à une fouille… aussi bien corporelle que de nos affaires.

— Pas question que j'abandonne mon revolver ! s'emporta Lombard.

— Monsieur Lombard, dit sèchement Wargrave, vous êtes un garçon vigoureux et solidement bâti, mais l'ex-inspecteur Blore est également un homme de robuste constitution. J'ignore quelle serait l'issue d'une lutte entre vous deux, mais je puis vous certifier une chose : Blore aurait à ses côtés, pour lui prêter main-forte dans la mesure de nos moyens, le Dr Armstrong, Mlle Claythorne et moi-même. Vous conviendrez donc que, si vous décidez de résister, vous aurez affaire à forte partie.

Lombard rejeta la tête en arrière et découvrit ses dents en un rictus féroce :

— Oh ! bon, très bien. Puisque vous avez la situation en main…

Le juge Wargrave hocha la tête :

— Vous êtes un garçon raisonnable. Où est-il, ce revolver ?

— Dans le tiroir de ma table de chevet.

— Bien.

— Je vais le chercher.

— Je pense qu'il serait souhaitable que nous vous accompagnions.

Avec un sourire encore plus carnassier, Philip répliqua :

— Sacrément méfiant, hein ?

Ils longèrent le couloir jusqu'à la chambre de Lombard.

Philip alla ouvrir d'un coup sec le tiroir de sa table de chevet.

Il recula aussitôt, en poussant un juron.

Le tiroir était vide.

V

— Satisfaits ? demanda Lombard.

Il s'était mis complètement nu et les trois hommes l'avaient méticuleusement fouillé ainsi que sa chambre. Vera Claythorne attendait dehors, dans le couloir.

La fouille se poursuivit avec méthode. Tour à tour, Armstrong, le juge et Blore furent soumis au même examen.

Enfin, sortant de la chambre de Blore, ils s'approchèrent de Vera. Ce fut le juge qui prit la parole :

— J'espère que vous comprendrez, mademoiselle Claythorne, que nous ne pouvons faire aucune exception. Il faut retrouver ce revolver. Vous avez un maillot de bain, je présume ?

Vera acquiesça.

— Dans ce cas, je vous demanderai d'aller l'enfiler dans votre chambre et de revenir ici ensuite.

Vera entra dans sa chambre et ferma la porte. Elle réapparut moins d'une minute plus tard, vêtue d'un maillot de satin moulant.

Wargrave eut un hochement de tête approbateur :

— Merci, mademoiselle Claythorne. À présent, si vous voulez bien rester ici, nous allons fouiller votre chambre.

Vera attendit patiemment dans le couloir. Lorsqu'ils eurent terminé, elle rentra se rhabiller et les rejoignit.

— Nous sommes maintenant sûrs d'une chose, déclara le juge. Aucun de nous cinq n'a d'arme ni de drogue mortelle en sa possession. C'est un bon point d'acquis. Il nous reste à mettre les médicaments en lieu sûr. Il y a bien un coffre pour l'argenterie dans l'office, n'est-ce pas ?

— Tout ça, c'est bien joli, dit Blore, mais qui en aura la clef? Vous, je suppose.

Le juge Wargrave ne répondit pas.

Il descendit à l'office, suivi des autres. Il y avait là un petit coffre prévu pour le rangement de l'argenterie. Sous la direction du juge, on y déposa les divers médicaments et on le ferma à clef. Puis, toujours sur les instructions de Wargrave, on hissa le coffre dans le vaisselier, qu'on ferma également à double tour. Le juge remit alors la clef du coffre à Philip Lombard et celle du vaisselier à Blore.

— Vous êtes physiquement les deux plus forts, leur dit-il. Il serait difficile à l'un de vous de prendre sa clef à l'autre. Et ce serait impossible à l'un de nous trois. Forcer la porte du vaisselier – ou celle du coffre – serait une méthode bruyante et peu pratique, qui ne manquerait pas d'attirer l'attention.

Il s'arrêta un instant avant de poursuivre :

— Reste un grave problème. *Qu'est devenu le revolver de M. Lombard ?*

— Son propriétaire doit le savoir mieux que personne, dit Blore.

Un sillon blême souligna les narines de Philip Lombard :

— Bougre de tête de mule ! Je vous répète qu'on me l'a volé !

— Quand l'avez-vous vu pour la dernière fois ? s'enquit Wargrave.

— Hier soir. Il était dans le tiroir quand je me suis couché – prêt à servir en cas de besoin.

Le juge hocha la tête :

— On a dû le subtiliser ce matin, profitant de la confusion, pendant que nous cherchions Rogers ou après que nous avons découvert son corps.

— Il doit être caché quelque part dans la maison, dit Vera. Il faut le chercher.

De l'index, le juge Wargrave se tapotait le menton :

— Je doute qu'une perquisition donne des résultats. Notre assassin a eu tout le temps d'imaginer une bonne cachette. Ce revolver ne sera certainement pas facile à trouver.

— Je ne sais pas où il est, ce revolver, intervint Blore avec force, mais je suis prêt à parier que je sais où se trouve autre chose… la seringue hypodermique. Suivez-moi.

Il sortit et leur fit faire le tour de la maison.

Non loin de la fenêtre de la salle à manger, il trouva la seringue. Et, à côté, une figurine de porcelaine brisée : le cinquième petit soldat.

Satisfait, Blore expliqua :

— Elle ne pouvait être que là. Après avoir tué

Mlle Brent, le meurtrier a jeté la seringue par la fenêtre et a envoyé la figurine de porcelaine la rejoindre.

Il n'y avait pas d'empreintes sur la seringue. On l'avait soigneusement essuyée.

— À présent, cherchons ce revolver, décréta Vera d'un ton décidé.

— Certainement, acquiesça le juge Wargrave. Mais, ce faisant, prenons garde de rester tous ensemble. Dites-vous bien que, si nous nous séparons, nous donnons au meurtrier sa chance.

Ils fouillèrent la maison de la cave au grenier. Sans résultat. Le revolver demeura introuvable.

Chapitre 13

I

«*L'un de nous... L'un de nous... L'un de nous...*»

Quatre mots, inlassablement répétés, qui s'imprimaient heure après heure dans des cerveaux réceptifs.

Cinq personnes... cinq personnes qui avaient peur. Cinq personnes qui s'épiaient mutuellement, qui ne prenaient même plus la peine de cacher leur tension nerveuse.

Plus question de donner le change – plus question de faire des frais pour sauver les apparences. Ils étaient cinq ennemis, unis par un même instinct de conservation.

Et voilà que, soudain, ils ressemblaient moins à des êtres humains. Ils régressaient au rang de bête. Telle une vieille tortue circonspecte, le juge Wargrave restait immobile, le dos rond, l'œil vif, aux aguets. L'ex-inspecteur Blore paraissait maintenant plus fruste et plus lourdaud. Sa démarche lente, feutrée, était celle d'un animal. Ses yeux étaient injectés de sang. Il y avait chez lui un mélange de férocité et de stupidité. On aurait dit une bête aux abois, prête à charger ses poursuivants. Philip

Lombard, lui, paraissait avoir les sens plutôt aiguisés qu'affaiblis. Ses oreilles réagissaient au moindre bruit. Son pas était plus léger, plus rapide ; son corps était souple et gracieux. Et il souriait souvent, lèvres retroussées sur ses longues dents blanches.

Vera Claythorne était très silencieuse. Elle restait la plupart du temps recroquevillée dans un fauteuil, le regard perdu dans le vide, l'air hébété. Elle faisait penser à un oiseau qui s'est cogné la tête contre une vitre et qu'une main a ramassé : il y reste niché, terrifié, incapable de bouger, espérant trouver son salut dans l'immobilité.

Armstrong avait les nerfs en piteux état. Il était ravagé de tics et ses mains tremblaient. Il allumait cigarette sur cigarette et les écrasait presque aussitôt. L'inaction à laquelle ils étaient contraints semblait le miner plus que les autres. Par moments, il déversait nerveusement un déluge de paroles :

— Nous… nous ne devrions pas rester là à ne rien faire ! Il doit bien y avoir *quelque chose*… il y a sûrement, sûrement *quelque chose* à faire ! Si nous allumions un feu… ?

— Par ce temps ? soupira Blore, accablé.

Il tombait à nouveau des cordes. Le vent soufflait par rafales irrégulières. Le tambourinement déprimant de la pluie les rendait fous.

Sans se concerter, ils avaient adopté une même ligne de conduite. Ils restaient tous ensemble dans le grand salon. Une seule personne à la fois quittait la pièce. Les quatre autres attendaient le retour de la cinquième.

— Ce n'est qu'une question de temps, dit Lombard.

La tempête va bien finir par se calmer, et nous pourrons alors faire quelque chose : lancer des signaux… allumer des feux… fabriquer un radeau, que sais-je !

Armstrong émit une sorte de gloussement :

— Une question de temps… de *temps* ? Mais nous n'en avons pas, justement ! Nous serons tous morts…

De sa petite voix claire, chargée d'une détermination passionnée, le juge Wargrave intervint :

— Pas si nous sommes prudents. *Nous devons être très prudents*...

Ils avaient dûment pris leur déjeuner à l'heure habituelle, mais sans aucune cérémonie. Ils s'étaient installés tous les cinq dans la cuisine. À l'office, ils avaient découvert une importante réserve de conserves. Ils avaient ouvert une boîte de langue en gelée et deux boîtes de fruits au sirop. Ils avaient mangé debout autour de la table de la cuisine. Puis, toujours groupés, ils avaient regagné le salon, s'y étaient assis, et restaient là à s'épier du regard.

À présent, leurs esprits étaient traversés de pensées anormales, fiévreuses, morbides…

« C'est Armstrong… il vient de me lancer un regard en biais… il a les yeux fous… complètement fous… Si ça se trouve, il n'est même pas médecin… Mais oui, c'est évident !… C'est un dément, échappé d'un asile et qui se fait passer pour un médecin… C'est ça… Dois-je alerter les autres… me mettre à hurler ? Non, il ne faut pas le mettre sur ses gardes… Et puis il a l'air si équilibré par moments… Quelle heure est-il ?… Seulement 3 heures et quart !… Seigneur, la folie me guette, moi aussi… *Oui, c'est Armstrong*... Il est en train de m'épier… »

« On ne m'aura pas, *moi* ! Je suis de taille à me défendre… J'en ai vu d'autres… Où est ce revolver, bon Dieu ?… Qui l'a pris ?… Qui l'a en sa possession ?… Personne ne l'a sur lui – ça, c'est sûr. Tout le monde a été fouillé… Personne ne *peut* l'avoir… *Mais quelqu'un sait où il est…* »

« Ils deviennent fous… ils vont tous devenir fous… La peur de la mort… nous avons tous peur de la mort… *Moi*, j'ai peur de la mort… Oui, mais ça n'empêche pas la mort de frapper… "*Le corbillard de monsieur est avancé !*" Où ai-je lu ça ? La fille… je vais surveiller la fille. Oui, je vais la surveiller… »

« 4 heures moins 20… seulement 4 heures moins 20… la pendule s'est peut-être arrêtée… Je ne comprends pas… non, je ne comprends pas… Ces choses-là n'arrivent pas dans la réalité… *et pourtant, c'est bien réel*... Pourquoi est-ce qu'on ne se réveille pas ? Réveille-toi… le Jour du Jugement… non, pas ça ! Si seulement je pouvais réfléchir… Ma tête… Il se passe quelque chose dans ma tête… elle va éclater… elle va se fendre en deux… ça n'arrive pas, ces choses-là… Quelle heure est-il ? Seigneur ! seulement 4 heures moins le quart. »

« Je dois garder la tête froide… garder la tête froide… Il suffit que je garde la tête froide… Tout est parfaitement clair, bien au point. Mais personne ne doit rien soupçonner. Il est possible que ça marche. Il le *faut* ! Lequel ? C'est toute la question : lequel ? Je pense… oui, je pense… oui, *lui.* »

Tous sursautèrent en entendant l'horloge sonner 5 heures.

— Est-ce que quelqu'un… veut du thé ? proposa Vera.

Il y eut un moment de silence.

— J'en prendrais bien une tasse, articula enfin Blore.

Vera se leva :

— Je vais le préparer. Vous pouvez tous rester là.

— Je pense, ma chère petite, que nous préférons vous accompagner et vous regarder faire, dit le juge Wargrave d'une voix douce.

Vera ouvrit de grands yeux. Puis elle eut un rire bref, à la limite de l'hystérie.

— Bien sûr ! dit-elle. Ça va de soi !

Cinq personnes allèrent dans la cuisine. Vera et Blore préparèrent et burent leur thé. Les trois autres prirent du whisky – après avoir ouvert une bouteille capsulée et utilisé un siphon provenant d'une caisse clouée.

— Nous devons être très prudents…, murmura le juge, un sourire reptilien sur les lèvres.

Ils regagnèrent le salon. Bien que ce fût l'été, la pénombre envahissait la pièce. Lombard actionna l'interrupteur, mais les lampes ne s'allumèrent pas.

— Bien sûr ! dit-il. Le groupe électrogène n'a pas été mis en route, puisque Rogers n'était pas là pour s'en occuper.

Après avoir hésité, il ajouta :

— Nous pourrions aller le faire démarrer…

— J'ai vu un paquet de bougies à l'office, déclara le juge Wargrave. Autant s'en servir.

Lombard sortit. Les quatre autres restèrent à s'observer mutuellement.

Il revint avec une boîte de bougies et une pile de

soucoupes. On alluma cinq bougies que l'on répartit dans la pièce.

Il était 6 heures moins le quart.

II

À 6 h 20, incapable de rester assise plus longtemps, Vera décida de monter dans sa chambre pour asperger d'eau froide sa tête et ses tempes douloureuses.

Elle se leva et se dirigea vers la porte. Mais, se rappelant qu'il n'y avait pas de lumière, elle revint prendre une bougie dans la boîte. Elle l'alluma, fit couler un peu de cire dans une soucoupe et l'y ficha solidement. Puis elle sortit de la pièce, fermant la porte derrière elle et laissant les quatre hommes ensemble. Elle monta l'escalier et longea le couloir jusqu'à sa chambre.

Comme elle ouvrait la porte, elle s'arrêta brusquement, clouée sur place.

Ses narines palpitèrent.

La mer… l'odeur de la mer à St Tredennick.

C'était ça. Impossible de s'y méprendre. Évidemment, ça sentait aussi la mer sur une île ; mais là, c'était différent. C'était l'odeur qu'elle avait sentie sur la plage ce jour-là – à marée basse, avec les rochers couverts d'algues qui séchaient au soleil.

« *Je peux nager jusqu'à l'île, mademoiselle Claythorne ? Pourquoi je peux pas nager jusqu'à l'île… ?* »

Horrible petit morveux, geignard et trop gâté ! Sans lui, Hugo serait riche… libre d'épouser la fille qu'il aimait…

Hugo…

Mais… mais… n'était-ce pas Hugo, là, près d'elle ? Non, il l'attendait dans la chambre…

Elle avança d'un pas. Un courant d'air venant de la fenêtre souffla la bougie. La flamme vacilla et s'éteignit…

Dans le noir, soudain, elle eut peur…

« Ne sois pas ridicule, se réprimanda-t-elle. Tu n'as rien à craindre. Les autres sont en bas. Tous les quatre. Il n'y a personne dans la chambre. C'est impossible. Tu te fais des idées, ma petite. »

Pourtant, cette odeur… l'odeur de la plage de St Tredennick… Ce n'était pas un effet de son imagination. *C'était réel.*

Et il y avait bel et bien quelqu'un dans la pièce… Elle venait d'entendre quelque chose… elle était sûre d'avoir entendu quelque chose…

Et alors qu'elle restait là, l'oreille aux aguets, une main froide et gluante lui frôla la gorge… une main mouillée, qui sentait la mer…

III

Vera hurla. Elle hurla, hurla… poussa des cris de peur panique… des appels à l'aide éperdus, désespérés.

Elle n'entendit pas le remue-ménage au rez-de-chaussée : chaise renversée, porte qu'on ouvre, pas précipités dans l'escalier. Elle n'avait conscience que de son indicible terreur.

Elle recouvra ses esprits en voyant des lueurs tremblotantes sur le seuil… des bougies… des hommes qui s'engouffraient dans la pièce.

« Que diable… ? » « Qu'est-ce qui se passe ? » « Nom de Dieu, qu'est-ce qu'il y a encore ? »

Elle frissonna, fit un pas en avant et s'effondra sur le plancher.

À demi consciente, elle sentit que quelqu'un se penchait sur elle, la forçait à courber la tête entre les genoux.

Une exclamation soudaine : « Bon sang, regardez-moi ça ! », la fit revenir à elle.

Elle ouvrit les yeux, leva la tête… et vit ce que regardaient les hommes aux bougies.

Un large ruban d'algue humide pendait du plafond. Voilà ce qui, dans l'obscurité, s'était plaqué sur sa gorge. Voilà ce qu'elle avait pris pour une main gluante, la main d'un noyé revenu d'entre les morts pour lui serrer le cou jusqu'à ce qu'il ne lui reste plus un souffle de vie !

Elle éclata d'un rire hystérique :

— C'était une algue… rien qu'une algue… d'où l'odeur…

De nouveau, elle fut prise de faiblesse… des vagues de nausée se succédèrent. De nouveau, quelqu'un la força à se pencher en avant, la tête entre les genoux.

Une éternité parut s'écouler. On lui offrait quelque

chose à boire… on pressait le verre contre ses lèvres. Ça sentait le cognac.

Elle était sur le point d'avaler l'alcool avec gratitude quand, soudain, une note d'avertissement – comme une sonnette d'alarme – tinta dans son cerveau. Elle se redressa, écarta le verre.

— D'où vient ce cognac ? demanda-t-elle d'un ton brusque.

Blore la fixa un moment avant de répondre :

— Je l'ai pris en bas.

— Je ne le boirai pas ! s'écria Vera.

Un silence suivit, puis Lombard se mit à rire :

— Bravo, Vera ! Vous ne perdez pas le nord, même si vous avez eu la frousse de votre vie… Je descends vous chercher une bouteille non débouchée.

Il sortit rapidement.

— Ça va, maintenant, chevrota Vera. Je vais boire un peu d'eau.

Armstrong l'aida à se mettre debout. Cramponnée à lui pour ne pas tomber, elle tituba jusqu'au lavabo, ouvrit le robinet d'eau froide et le laissa couler avant de remplir son verre.

— Ce cognac est tout à fait normal, grommela Blore d'un ton vexé.

— Qu'est-ce que vous en savez ? contra Armstrong.

— Je n'ai rien mis dedans, répliqua Blore avec colère. C'est ce que vous insinuez, je suppose ?

— Je ne dis pas que vous l'avez fait, déclara Armstrong. Mais vous auriez pu le faire, ou quelqu'un d'autre aurait pu trafiquer cette bouteille en prévision de cet incident.

Lombard ne tarda pas à revenir.

Il apportait une bouteille de cognac intacte et un tire-bouchon.

Il brandit la bouteille capsulée sous le nez de Vera.

— Et voilà, mon petit. Pas l'ombre d'une entourloupe.

Il déchira le papier d'étain et ôta le bouchon :

— Encore heureux qu'il y ait une bonne réserve d'alcools dans la maison. Délicate attention de A.N. O'Nyme.

Un violent frisson parcourut Vera.

Armstrong tint le verre pendant que Philip versait le cognac.

— Vous feriez bien de boire ça, mademoiselle Claythorne, dit le médecin. Vous avez subi un sacré choc.

Vera en but une gorgée. Son visage reprit des couleurs.

— En tout cas, voilà un meurtre qui ne s'est pas déroulé comme prévu ! s'exclama Philip Lombard en riant.

— Vous pensez… qu'on voulait me tuer ? murmura Vera, presque dans un souffle.

Lombard hocha la tête :

— On espérait vous faire mourir de peur ! Ça aurait pu marcher avec d'autres, pas vrai, docteur ?

— Hum… impossible à dire, répondit Armstrong sans se compromettre. Sujet jeune et en bonne santé… pas de faiblesse cardiaque… Peu probable. D'un autre côté…

Il prit le verre de cognac que Blore avait apporté, y

trempa un doigt, le goûta avec précaution. Son visage ne changea pas d'expression.

— Hum... le goût est normal, remarqua-t-il, perplexe.

Furieux, Blore fit un pas en avant :

— Si vous insinuez que je l'ai trafiqué, je vous casse la gueule !

Revigorée par le cognac, Vera fit diversion :

— Au fait, où est le juge ?

Les trois autres se regardèrent.

— *Bizarre*... J'étais persuadé qu'il nous avait suivis.

— *Moi aussi*..., dit Blore. Votre avis, docteur ? Vous êtes monté derrière moi.

— Je croyais qu'il me suivait, répondit Armstrong. Remarquez, c'est normal qu'il soit plus lent que nous. Il a son âge.

De nouveau, ils échangèrent un regard.

— C'est sacrément étrange, murmura Lombard.

— Il faut aller à sa recherche ! s'exclama Blore.

Il se dirigea vers la porte. Les autres lui emboîtèrent le pas, Vera fermant la marche.

— Si ça se trouve, il est resté au salon, lança Armstrong tandis qu'ils descendaient l'escalier.

Ils traversèrent le hall.

— Wargrave ! Wargrave ! Où êtes-vous ? appela Armstrong.

Pas de réponse. À part le tambourinement de la pluie, un silence de mort régnait dans la maison.

Sur le seuil du salon, Armstrong s'arrêta net. Les autres s'agglutinèrent autour de lui pour regarder par-dessus son épaule.

Quelqu'un poussa un cri.

Le juge Wargrave était assis dans son fauteuil à haut dossier, à l'autre bout de la pièce. Deux bougies allumées l'encadraient. Mais ce qui les stupéfia et les horrifia le plus, c'était qu'il siégeait en robe écarlate, avec une perruque de juge sur la tête…

Le Dr Armstrong fit signe aux autres de rester en arrière. Titubant comme un homme ivre, il s'approcha de la silhouette silencieuse, au regard fixe.

Il se pencha, scruta le visage figé. Puis, d'un geste vif, il souleva la perruque. Celle-ci tomba par terre, découvrant le front haut et dégarni – avec, au beau milieu, une marque ronde, poisseuse, d'où quelque chose avait coulé.

Le Dr Armstrong souleva la main inerte et chercha le pouls. Il se tourna vers les autres.

— *Tué d'une balle dans la tête*…, dit-il d'une voix sans timbre, morte, lointaine.

— Bon sang ! s'écria Blore. *Le revolver !*

De la même voix inexpressive, le médecin poursuivit :

— La balle a traversé le crâne. Mort instantanée.

Vera ramassa la perruque.

— *L'écheveau de laine grise que Mlle Brent avait perdu*…, dit-elle d'une voix frémissante d'horreur.

— Et le rideau rouge qui avait disparu de la salle de bains…, ajouta Blore.

— Voilà donc à quel usage on les destinait…, murmura Vera.

Soudain, Philip Lombard éclata de rire – d'un rire haut perché, inquiétant.

— *Cinq petits soldats étudiaient le droit ; l'un d'eux fut nommé juge, ma foi... – n'en resta plus que quatre.* Ainsi finit le vieux Wargrave, Grand Pourvoyeur de la Potence. Plus jamais il ne prononcera de sentences ! Plus jamais il ne coiffera la toque noire ! C'est la dernière fois qu'il siège au tribunal ! Plus jamais il n'enverra d'innocents à l'échafaud. Il rirait bien, Edward Seton, s'il était là ! Seigneur, comme il rirait !

Les autres furent surpris et choqués par son éclat.

— Pas plus tard que ce matin, s'écria Vera, vous prétendiez que c'était *lui* !

Philip Lombard changea d'expression, se rembrunit.

— Oui, c'est vrai, dit-il à voix basse. Eh bien, je me trompais. Encore un de nous dont l'innocence a été prouvée... *trop tard* !

Chapitre 14

I

Ils avaient transporté le juge Wargrave dans sa chambre et l'avaient allongé sur son lit.

Puis ils étaient redescendus. Et ils restaient plantés là, dans le hall, à se dévisager.

— Et maintenant, qu'est-ce qu'on fait? demanda Blore d'une voix sourde.

— On va manger un morceau, répondit Lombard avec entrain. Il faut bien se nourrir, pas vrai?

Une fois encore, ils se rendirent à la cuisine. Une fois encore, ils ouvrirent une boîte de langue en gelée. Ils mangèrent sans y penser, presque sans savourer.

— C'est la dernière fois que je mange de la langue, décréta Vera.

Leur repas terminé, ils restèrent assis autour de la table à se regarder en chiens de faïence.

— Plus que nous quatre…, marmonna Blore. *À qui le tour?*

Armstrong ne cilla pas.

— Nous devons être très prudents…, commença-t-il machinalement avant de s'arrêter net.

Blore hocha la tête :

— C'est ce qu'*il* disait toujours… et maintenant, il est mort !

— Comment est-ce arrivé, dit Armstrong, je me le demande ?

Lombard émit un juron.

— Une diversion sacrément astucieuse ! s'exclama-t-il. Cette algue accrochée dans la chambre de Mlle Claythorne a eu exactement l'effet recherché. Tout le monde s'est précipité là-haut, croyant qu'*elle* se faisait assassiner. Et là… profitant de l'affolement… quelqu'un a pris le vieux par surprise.

— Comment se fait-il que personne n'ait entendu le coup de feu ? s'étonna Blore.

Lombard secoua la tête :

— Mlle Claythorne hurlait, le vent mugissait, nous courions dans tous les sens en braillant. Non, il était impossible de l'entendre… Mais son stratagème ne pourra pas resservir, reprit-il après un temps de réflexion. Il faudra qu'il trouve autre chose la prochaine fois.

— Il trouvera probablement, affirma Blore.

Sa voix avait une intonation déplaisante. Les deux hommes se mesurèrent du regard.

— Nous sommes quatre, dit Armstrong, et nous ne savons pas lequel…

— *Moi*, je le sais, l'interrompit Blore.

— Je n'ai pas le moindre doute…, dit Vera.

— Je pense que je le sais, en fait…, dit Armstrong avec lenteur.

— Je commence à avoir une idée assez nette…, dit Philip Lombard.

De nouveau, ils se dévisagèrent... Vera se mit debout tant bien que mal.

— Je ne suis pas dans mon assiette, dit-elle. Je vais me coucher... je suis rompue.

— Autant y aller aussi, dit Lombard. Pas la peine de rester là à s'épier mutuellement.

— De mon côté, pas d'objection, dit Blore.

— C'est ce que nous avons de mieux à faire, murmura le médecin, même si je doute que nous arrivions à dormir.

Ils se dirigèrent vers la porte.

— *Je me demande*, commenta Blore, *où se trouve le revolver à l'heure qu'il est.*

II

Ils montèrent l'escalier.

La scène qui suivit n'aurait pas déparé une comédie burlesque.

Chacun des quatre s'arrêta, la main sur la poignée de sa porte. Puis, comme à un signal, chacun entra dans sa chambre et ferma la porte derrière soi. On entendit des bruits de serrures, de verrous et de meubles qu'on déplace.

Quatre personnes terrorisées étaient barricadées jusqu'au matin.

III

Ayant calé une chaise sous la poignée de sa porte, Philip Lombard se détourna avec un soupir de soulagement.

D'un pas nonchalant, il se dirigea vers sa table de toilette.

À la lumière vacillante de la bougie, il examina son visage avec curiosité.

— Pas à dire, cette histoire t'a secoué, murmura-t-il à part lui en arborant son sourire subit, carnassier.

Il se déshabilla rapidement.

Il s'approcha du lit et posa sa montre sur la table de chevet.

Puis il ouvrit le tiroir de la table.

Et il regarda, pétrifié, le revolver qui se trouvait là…

IV

Vera Claythorne était couchée.

À côté d'elle, la bougie brûlait toujours.

Elle ne trouvait pas le courage de l'éteindre.

Elle avait peur du noir…

Elle n'arrêtait pas de se répéter : « *Tu es tranquille jusqu'à demain matin. Il ne s'est rien passé la nuit dernière. Il ne se passera rien cette nuit. Il ne peut rien arriver. La porte est fermée à clef et au verrou. Personne ne peut t'approcher...* »

Et, brusquement, elle pensa :

« Mais voilà ! Je n'ai qu'à rester ici ! Rester enfermée ! Tant pis pour la nourriture ! Je n'ai qu'à rester ici... en sécurité... jusqu'à ce qu'on vienne à notre secours ! Même si ça doit durer un jour... deux jours... »

Rester ici. Oui, mais en serait-elle capable ? Rester ici, heure après heure... sans personne à qui parler, sans rien d'autre à faire que *réfléchir*...

Elle recommencerait à penser aux Cornouailles... à Hugo... à... à ce qu'elle avait dit à Cyril.

Insupportable gamin pleurnichard, toujours à la tarabuster...

— *Mademoiselle Claythorne, pourquoi j'ai pas le droit de nager jusqu'au rocher ? Je suis capable de le faire. Je sais que j'en suis capable.*

Était-ce vraiment elle qui avait répondu :

— *Mais oui, Cyril, tu en es capable. Je le sais bien.*

— Alors je peux y aller, mademoiselle Claythorne ?

— C'est que... vois-tu, Cyril, ta mère s'inquiète tellement pour toi. Écoute, voilà ce que nous allons faire. Demain, tu nageras jusqu'au rocher. Moi, je bavarderai sur la plage avec ta mère pour détourner son attention. Et quand elle te cherchera, tu seras déjà là-bas, sur le rocher, en train de lui faire de grands signes. Alors là, ça sera une surprise !

— Oh, vous êtes chouette, mademoiselle Claythorne ! On va bien rigoler !

Voilà, elle l'avait dit. Demain ! Le lendemain, Hugo

devait aller à Newquay. Lorsqu'il reviendrait… ce serait terminé.

Oui, mais si jamais ça échouait ? Si ça ne se passait pas comme prévu ? Cyril serait peut-être secouru à temps. Et dans ce cas… dans ce cas, il dirait : « *Mlle Claythorne m'a dit que je pouvais !* » Et alors ? On n'a rien sans risque ! Si le pire venait à se produire, elle nierait froidement. « *Comment peux-tu faire un mensonge pareil, Cyril ? Tu sais très bien que je n'ai jamais dit ça !* » On la croirait à tous les coups. Cyril racontait souvent des bobards. C'était un enfant indigne de confiance. Lui saurait, évidemment. Mais ça n'avait pas d'importance… et puis de toute façon, tout se passerait *bien*. Elle ferait semblant de se porter à son secours. Mais elle arriverait trop tard… Personne n'irait la soupçonner…

Hugo s'était-il douté de quelque chose ? Était-ce pour cela qu'il l'avait regardée de cette manière bizarre, distante ?... Hugo avait-il *compris* ?

Était-ce pour cela qu'il était parti si précipitamment après l'enquête ?

Il n'avait pas répondu à l'unique lettre qu'elle lui avait écrite…

Hugo...

Vera se tournait et se retournait dans son lit. Non, non, elle ne devait pas penser à Hugo. Ça faisait trop mal ! Tout ça, c'était fini, bel et bien fini… Il fallait oublier Hugo.

Pourquoi, ce soir, avait-elle eu soudain l'impression que Hugo était avec elle dans la chambre ?

Elle fixa le plafond, fixa le grand crochet noir rivé en son centre.

Elle n'avait encore jamais remarqué ce crochet.

C'était là que l'algue avait été suspendue.

Elle frissonna au souvenir de ce contact froid et visqueux sur son cou.

Ce crochet au plafond ne lui plaisait pas. Il attirait le regard, il vous fascinait… Un grand crochet noir…

V

L'ex-inspecteur Blore était assis au bord de son lit.

Ses petits yeux, bordés de rouge et injectés de sang, étaient en alerte dans son visage massif. Il faisait penser à un sanglier sur le point de charger.

Il ne se sentait pas d'humeur à dormir.

La menace se précisait dangereusement… Six ôté de dix !

Malgré sa sagacité, malgré sa circonspection et son astuce, le vieux juge avait subi le même sort que les autres.

Blore ricana avec une sorte de satisfaction sauvage.

Qu'est-ce qu'il disait, déjà, le vieux schnock ?

« Nous devons être très prudents… »

Vieil hypocrite, intransigeant et imbu de sa personne. Qui siégeait au tribunal en se prenant pour Dieu le Père. Il avait eu son compte… Plus besoin de se montrer prudent, le juge !

Ils n'étaient plus que quatre, maintenant. La fille, Lombard, Armstrong et lui.

Très bientôt, un autre allait encore y passer. Mais ce ne serait pas William Henry Blore. Il était bien décidé à y veiller.

(Mais le revolver… qu'était devenu le revolver? C'était ça, le facteur angoissant : le revolver !)

Blore était assis sur son lit, le front creusé de rides profondes, ses petits yeux plissés tandis qu'il examinait le problème du revolver…

Dans le silence, il entendit l'horloge sonner en bas. Minuit.

Il se détendit un peu, alla même jusqu'à s'allonger sur son lit. Mais il ne se déshabilla pas.

Il réfléchissait, récapitulant toute l'affaire depuis le début, méthodiquement, laborieusement, comme il le faisait du temps où il était dans la police. La méticulosité finissait toujours par payer.

La bougie diminuait. Après s'être assuré qu'il avait les allumettes à portée de la main, il l'éteignit.

Chose étrange, il trouva l'obscurité inquiétante. Comme si des peurs millénaires se réveillaient en lui et se disputaient le contrôle de son esprit. Des visages fantomatiques flottaient dans l'air : le visage du juge, couronné de cette grotesque perruque de laine grise… le visage glacé, figé, de Mme Rogers… le visage convulsé, violacé d'Anthony Marston.

Et un autre visage… très pâle, avec des lunettes et une petite moustache couleur paille.

Un visage qu'il avait vu à un moment donné, mais quand? Pas sur l'île. Non, ça remontait à beaucoup plus longtemps.

Curieux qu'il n'arrive pas à mettre un nom dessus…

Un visage assez stupide, en vérité : le type avait l'air d'un bel empoté.

Mais bien sûr !

La mémoire lui revint brusquement, et ça lui causa un véritable choc.

Landor !

Bizarre, qu'il ait complètement oublié à quoi ressemblait Landor. Pas plus tard qu'hier, il avait essayé – sans succès – de se rappeler quelle tête il avait.

Et voilà maintenant que ce visage lui apparaissait, clair et distinct jusque dans ses moindres traits, comme s'il l'avait encore vu la veille.

Landor avait été marié – à un petit bout de femme toute menue, au visage soucieux. Il avait eu une gosse, aussi, une gamine de treize ou quatorze ans. Pour la première fois, il se demanda ce qu'elles étaient devenues.

(Le revolver. Qu'était devenu le revolver ? C'était beaucoup plus important.)

Plus il y réfléchissait, plus ça l'intriguait… Il ne comprenait pas cette histoire de revolver.

Quelqu'un, dans la maison, avait mis la main sur ce revolver…

En bas, l'horloge sonna une heure.

Blore fut interrompu net dans ses réflexions. Il s'assit, les sens en alerte. Car il avait entendu un bruit – un très léger bruit – quelque part derrière la porte de sa chambre.

Quelqu'un rôdait dans la maison enténébrée.

La sueur perla à son front. Qui pouvait bien se promener ainsi, furtivement, dans les couloirs ? Quelqu'un qui mijotait un mauvais coup, il était prêt à le parier !

Sans bruit, malgré sa corpulence, il sauta à bas de son lit et, en deux enjambées, alla coller son oreille contre la porte.

Aucun son ne lui parvint. Blore était pourtant convaincu de ne pas s'être trompé. Il avait entendu un craquement juste derrière sa porte. Ses cheveux se hérissèrent sur son crâne. De nouveau, il connut la peur…

Quelqu'un marchait à pas de loup dans la nuit.

Il écouta… mais le bruit ne se répéta pas.

À présent, une nouvelle tentation l'assaillait. Il avait désespérément envie d'aller voir ce qui se passait. Histoire de découvrir qui rôdait ainsi dans l'obscurité.

Mais ouvrir sa porte aurait été de la folie. C'était sans doute précisément ce que *l'autre* attendait. Peut-être même avait-il fait du bruit exprès, afin de l'attirer dehors.

Immobile, Blore écoutait. Il entendait maintenant des bruits de tous côtés : craquements, frôlements, mystérieux chuchotis… Mais son esprit réaliste, opiniâtre, les reconnaissait pour ce qu'ils étaient : des créations de son imagination enfiévrée.

Et puis soudain, il entendit un bruit qui n'avait *rien* d'imaginaire. Des pas. Très légers, très prudents, mais parfaitement audibles pour un homme qui, comme Blore, écoutait de toutes ses oreilles.

Les pas feutrés venaient du fond du couloir (les chambres de Lombard et d'Armstrong étaient plus éloignées de l'escalier que la sienne). Ils passèrent devant sa porte sans hésiter ni ralentir.

Alors Blore se décida.

Il fallait qu'il sache qui c'était ! Les pas avaient maintenant dépassé sa porte et se dirigeaient vers l'escalier. Où allait-il, cet individu ?

Quand Blore passait à l'action, il le faisait avec une rapidité étonnante pour un homme d'apparence si lourde et si lente. Il retourna vers son lit sur la pointe des pieds, empocha les allumettes, débrancha la lampe de chevet, l'empoigna et enroula le fil électrique autour du pied. C'était une lampe en chrome, montée sur un lourd socle en ébonite – une arme qui pourrait se révéler utile.

Sans bruit, il traversa la pièce à toute allure, ôta la chaise qui bloquait la poignée de la porte, puis, avec précaution, tourna la clef dans la serrure et tira le verrou. Il sortit dans le couloir. De légers craquements montaient du hall. En chaussettes, Blore courut silencieusement vers l'escalier.

À cet instant, il comprit pourquoi il avait entendu si distinctement tous ces bruits. Le vent était tombé et le ciel avait dû s'éclaircir. Le clair de lune filtrait par la fenêtre du palier et baignait le hall du rez-de-chaussée.

L'espace d'un instant, Blore aperçut une silhouette qui s'éclipsait par la porte d'entrée.

Il dévalait l'escalier pour se lancer à sa poursuite quand, soudain, il s'arrêta.

Là encore, il avait bien failli faire une bêtise ! Qui sait si ce n'était pas un piège destiné à l'attirer hors de la maison ?

Mais l'autre, sans s'en rendre compte, avait commis une erreur : il venait de se livrer à Blore pieds et poings liés.

Car, des trois chambres occupées à l'étage, *l'une*

devait maintenant être vide. Il suffisait de savoir *laquelle* !

Blore remonta rapidement dans le couloir.

Il commença par frapper à la porte du Dr Armstrong. Pas de réponse.

Il attendit quelques instants, puis alla toquer chez Philip Lombard.

Cette fois, la réponse vint immédiatement :

— Qui est là ?

— Blore. Je crois qu'Armstrong n'est pas dans sa chambre. Attendez deux secondes.

Il alla jusqu'au bout du couloir et frappa à la dernière porte :

— Mademoiselle Claythorne ? Mademoiselle Claythorne ?

— Qui est-ce ? Que se passe-t-il ? cria Vera d'une voix étranglée par la peur.

— Rien de grave, mademoiselle Claythorne. Attendez une minute, je reviens.

Il retourna en courant vers la chambre de Lombard. La porte s'ouvrit au moment où il l'atteignait et Lombard apparut sur le seuil. Il tenait une bougie dans la main gauche. Il avait enfilé un pantalon par-dessus son pyjama. Sa main droite était enfoncée dans la poche de sa veste de pyjama.

— Qu'est-ce que c'est que ce cirque ? fit-il d'un ton cassant.

Blore s'expliqua rapidement. L'œil de Lombard s'alluma :

— *Armstrong, hein ?* Ce serait donc *lui* notre oiseau !

Il se dirigea vers la chambre du médecin :

— Désolé, Blore, mais je ne crois que ce que je vois.

Il tambourina à la porte :

— Armstrong ! Armstrong !

Pas de réponse.

Lombard s'accroupit et regarda par le trou de la serrure. Il y introduisit son petit doigt avec précaution :

— La clef n'est pas dans la serrure.

— Autrement dit, il l'a emportée après avoir fermé sa porte à double tour, conclut Blore.

Philip hocha la tête :

— Précaution élémentaire. *Nous le tenons, Blore*… Cette fois, *nous le tenons* ! Une seconde…

Il courut vers la chambre de Vera Claythorne :

— Vera ?

— Oui.

— Nous partons à la recherche d'Armstrong. Il n'est pas dans sa chambre. Quoi qu'il arrive, *n'ouvrez pas votre porte.* Compris ?

— Oui, j'ai compris.

— Si Armstrong vient vous dire que j'ai été tué, ou que Blore a été tué, *ne l'écoutez pas.* Vu ? N'ouvrez que *si nous vous le demandons tous les deux, Blore et moi.* Pigé ?

— Oui. Je ne suis pas complètement idiote.

— Parfait, dit Lombard.

Il rejoignit Blore :

— Et maintenant… sus à Armstrong ! La chasse est ouverte !

— Allons-y prudemment, dit Blore. Il a un revolver, ne l'oubliez pas.

Tout en dévalant l'escalier, Philip Lombard gloussa :

— Ça, c'est ce qui vous trompe !

Il ouvrit la porte d'entrée et remarqua au passage :

— Loquet repoussé – de façon à pouvoir rentrer sans problème… Le revolver, c'est moi qui l'ai ! poursuivit-il en le sortant à moitié de sa poche. Je l'ai retrouvé ce soir ; on l'avait remis dans ma table de chevet.

Blore s'arrêta net sur le seuil. Son visage avait changé d'expression. Philip Lombard s'en aperçut :

— Ne soyez pas grotesque, Blore ! Je ne vais pas vous tirer dessus ! Retournez vous barricader dans votre chambre si vous voulez ! Moi, je pars débusquer Armstrong.

Il s'éloigna dans le clair de lune. Après quelques instants d'hésitation, Blore le suivit.

Il songea à part lui :

« Je l'aurai bien cherché. Mais après tout… »

Après tout, il avait déjà neutralisé des criminels armés de revolvers. Blore avait peut-être beaucoup de défauts, mais il ne manquait pas de courage. Il suffisait de lui montrer le danger pour qu'il fonce tête baissée. Il n'avait pas peur de se battre à découvert – ce qui le paniquait, c'était le danger diffus, teinté de surnaturel.

VI

Réduite à attendre, Vera se leva et s'habilla.

Plusieurs fois, elle jeta un coup d'œil vers sa porte.

C'était une bonne porte bien solide. Fermée à clef et au verrou, avec une chaise en chêne qui bloquait la poignée.

On ne pourrait pas l'enfoncer. En tout cas, pas le Dr Armstrong. Ce n'était pas un homme costaud.

À la place d'Armstrong, si elle voulait commettre un meurtre, elle utiliserait la ruse plutôt que la force.

Pour se distraire, elle réfléchit aux différents moyens qu'il pourrait employer.

Il pourrait, comme Philip l'avait suggéré, lui annoncer qu'un des deux autres était mort. Ou alors, se traîner en gémissant devant sa porte en faisant semblant d'être mortellement blessé.

Il y avait d'autres méthodes. Il pourrait lui raconter que la maison était en flammes. Mieux : il pourrait carrément y mettre le feu… Oui, c'était une possibilité. Attirer les deux autres à l'extérieur, arroser le plancher d'essence et frotter une allumette. Et elle, comme une idiote, resterait barricadée dans sa chambre jusqu'à ce qu'il soit trop tard.

Elle s'approcha de la fenêtre. Pas trop mal. À la limite, elle pourrait s'échapper par là. Évidemment, c'était assez haut… mais il y avait une plate-bande pour amortir le choc.

Elle s'assit, prit son journal intime et se mit à écrire au fil de la plume.

Il fallait bien tuer le temps.

Soudain, elle se raidit. Elle avait entendu un bruit. Comme du verre brisé. Et ça provenait du rez-de-chaussée.

Elle écouta de toutes ses forces, mais le bruit ne se répéta pas.

Elle entendit – ou crut entendre – des pas feutrés, des craquements dans l'escalier, un frou-frou de vêtements… mais rien de très précis. Elle arriva à la conclusion, comme Blore avant elle, que ces bruits trouvaient leur origine dans son imagination.

Mais elle entendit bientôt des sons plus concrets. Des gens qui remuaient en bas… des murmures de voix. Puis des pas décidés qui montaient l'escalier… des portes qui s'ouvraient et se fermaient… quelqu'un qui grimpait dans la mansarde. D'autres bruits venant de là-haut.

Et, finalement, des pas dans le couloir et la voix de Lombard :

— Vera ? Tout va bien ?

— Oui. Qu'est-ce qui s'est passé ?

La voix de Blore intervint :

— Vous voulez bien nous ouvrir ?

Vera ôta la chaise, tourna la clef dans la serrure et tira le verrou. Elle ouvrit la porte. Les deux hommes étaient essoufflés, leurs chaussures et le bas de leur pantalon étaient trempés.

— Qu'est-ce qui s'est passé ? répéta-t-elle.

Ce fut Lombard qui répondit :

— *Armstrong a disparu…*

VII

— Quoi ? s'écria Vera.

— Volatilisé, dit Lombard.

— Volatilisé… c'est le mot ! renchérit Blore. Un véritable tour de passe-passe.

— C'est absurde ! s'impatienta Vera. Il se cache quelque part !

— Non, justement pas ! affirma Blore. Croyez-moi, il n'y a aucun endroit où se cacher sur cette île. Elle est nue comme la main ! En plus, avec le clair de lune, on y voit comme en plein jour. *Il est introuvable.*

— Il a dû revenir ici, dit Vera.

— Nous y avons pensé, contra Blore. Nous avons fouillé la maison aussi. Vous avez dû nous entendre. *Il n'est pas ici*, je peux vous le garantir. Il a disparu – volatilisé, évaporé…

— Je n'y crois pas ! protesta Vera.

— C'est pourtant vrai, ma chère, dit Lombard.

Il marqua un temps avant d'ajouter :

— Il y a un autre détail à signaler. Un carreau de la fenêtre de la salle à manger a été brisé… *et il ne reste plus que trois petits soldats sur la table.*

Chapitre 15

I

Trois personnes prenaient leur petit déjeuner dans la cuisine.

Dehors, le soleil brillait. La journée était superbe. La tempête n'était plus qu'un mauvais souvenir.

Et, avec le changement de temps, un changement s'était produit dans l'humeur des prisonniers de l'île.

C'était comme s'ils venaient de se réveiller d'un cauchemar. Le danger était toujours présent, certes, mais c'était un danger qu'ils pouvaient affronter en plein jour. L'atmosphère de terreur paralysante qui, la veille au soir, les avait enveloppés dans une chape de plomb, pendant que le vent mugissait, s'était maintenant dissipée.

— Nous allons grimper au sommet de l'île et essayer d'envoyer des signaux lumineux avec un miroir, déclara Lombard. J'espère qu'un gamin astucieux se baladera sur les falaises et déchiffrera notre SOS. Nous pourrons aussi allumer un feu dans la soirée… mais il ne reste pas beaucoup de bois… et ils risquent de penser qu'on est tout bonnement en train de chanter, de danser et de s'amuser.

— Il y en a certainement qui connaissent le morse, dit Vera. Alors on viendra nous chercher. Bien avant ce soir.

— Le temps s'est éclairci, d'accord, dit Lombard, mais la mer n'est pas encore calmée. Il y a une sacrée houle ! Aucun bateau ne pourra aborder l'île avant demain.

— Encore une nuit ici ! s'écria Vera.

Lombard haussa les épaules :

— Autant vous y faire. Vingt-quatre heures suffiront, je pense. Si nous pouvons tenir jusque-là, nous serons tirés d'affaire.

Blore se racla la gorge :

— Nous devrions mettre les choses au clair. *Qu'est-ce qui a bien pu arriver à Armstrong ?*

— Ma foi, nous avons un indice, répondit Lombard. Il ne reste plus que trois petits soldats sur la table. On dirait bien qu'Armstrong est passé de vie à trépas.

— Si c'est le cas, pourquoi n'avez-vous pas retrouvé son cadavre ? objecta Vera.

— Précisément, approuva Blore.

Lombard secoua la tête :

— Pas de doute, c'est sacrément bizarre.

— On l'a peut-être jeté à la mer ? hasarda Blore.

— Qui ça, « on » ? Vous ? Moi ? répliqua Lombard d'un ton sec. Vous l'avez vu sortir de la maison. Vous êtes venu me trouver dans ma chambre. Nous sommes partis ensemble à sa recherche. Quand diable aurais-je eu le temps de le tuer et de le trimbaler de l'autre côté de l'île ?

— Ça, je n'en sais rien, admit Blore. Mais il y a une chose que je sais.

— Laquelle ?

— Le revolver, dit Blore. C'est le vôtre. En ce moment, c'est vous qui l'avez. Rien ne prouve que vous ne l'avez pas eu tout le temps en votre possession.

— Allons, Blore, nous avons tous été fouillés !

— Oui, mais vous auriez pu le cacher avant, et le récupérer après.

— Bougre d'entêté, je vous jure qu'on l'a remis dans mon tiroir. J'ai eu la surprise de ma vie quand je l'ai trouvé là.

— Et vous nous demandez d'avaler un truc pareil ? Pourquoi diable Armstrong – ou je ne sais qui d'autre – l'aurait-il remis en place ?

Lombard haussa les épaules, désemparé :

— Je n'en ai pas la moindre idée. C'est complètement dingue. Totalement inattendu. Inexplicable.

— C'est bien mon avis, opina Blore. Vous auriez pu inventer une meilleure histoire.

— Ça tendrait à prouver que je dis la vérité, non ?

— Je ne vois pas la chose ainsi.

— Le contraire m'aurait étonné, soupira Philip.

— Écoutez, monsieur Lombard, reprit Blore, si vous êtes aussi honnête homme que vous le prétendez…

— Depuis quand ai-je prétendu être honnête homme ? murmura Philip. Non, vraiment, je n'ai jamais dit ça.

— Si vous dites la vérité, poursuivit Blore, imperturbable, il n'y a qu'une chose à faire. Tant que vous aurez ce revolver, nous serons à votre merci, Mlle Claythorne et moi. La seule solution est donc de le mettre dans le coffre avec le reste… et nous garderons les deux clefs comme avant, vous et moi.

Philip Lombard alluma une cigarette.

— Ne dites pas de sottises, maugréa-t-il en soufflant un nuage de fumée.

— Donc, vous n'êtes pas d'accord ?

— Non, je ne suis pas d'accord. Ce revolver est à moi. J'en ai besoin pour me défendre… et j'ai bien l'intention de le garder.

— Dans ce cas, dit Blore, une conclusion s'impose…

— À savoir que je suis A.N. O'Nyme ? Pensez ce qui vous chante, après tout ! Mais alors, expliquez-moi un peu pourquoi je ne me suis pas servi de ce revolver pour vous descendre cette nuit ? J'en ai eu l'occasion une bonne vingtaine de fois.

Blore secoua la tête :

— Je n'en sais rien… mais c'est un fait. Vous deviez avoir vos raisons.

Vera, qui n'avait pas pris part à la discussion, sortit de son mutisme :

— Vous vous conduisez tous les deux comme des imbéciles.

Lombard la regarda :

— C'est-à-dire ?

— Vous avez oublié la comptine. Vous ne voyez pas qu'elle contient un indice ?

D'une voix lourde de sens, elle récita :

— *Quatre p'tits soldats prenaient un bain de mer ; Poisson d'avril goba l'un, ô ma mère ! – n'en resta plus que trois.*

Elle enchaîna :

— *Poisson d'avril !* Le voilà, l'indice essentiel. *Armstrong n'est pas mort*... Il a subtilisé la figurine en porcelaine pour nous faire croire le contraire. Vous avez beau dire, Armstrong est encore sur l'île. Sa disparition n'est qu'un poisson d'avril destiné à nous lancer sur une fausse piste…

Lombard se rassit.

— Vous avez peut-être raison, au fond.

— Oui, mais dans ce cas, où est-il ? interrogea Blore. Nous avons fouillé partout. Dedans et dehors.

— Nous avons tous cherché le revolver sans le trouver, n'est-ce pas ? répliqua Vera avec dédain. Et pourtant, il était bien quelque part !

— Il y a une légère différence de calibre, ma chère, entre un homme et un revolver, ironisa Lombard.

— Ça m'est égal, dit Vera. Je suis sûre que j'ai raison.

— C'était quand même vendre plus ou moins la mèche, non ? murmura Blore. Parler carrément de « poisson d'avril »… Il aurait pu changer un peu les paroles.

— Mais vous ne *comprenez* donc pas qu'il est *fou* ? s'écria Vera. C'est de la folie ! Suivre une comptine à la lettre, c'est de la folie ! Déguiser le juge, tuer Rogers pendant qu'il débitait du petit bois… droguer Mme Rogers pour qu'elle « dorme plus que sa part »…

lâcher une abeille dans la salle à manger avant de tuer Mlle Brent ! On dirait un jeu inventé par un enfant monstrueux. Il faut que tout concorde.

— Oui, vous avez raison, dit Blore. Quoi qu'il en soit, il n'y a pas de zoo sur cette île, reprit-il après réflexion. Il aura du mal à se tirer de ce couplet-là.

— Mais vous ne comprenez toujours pas ? s'enflamma Vera. *Le zoo, c'est nous*… Hier soir, nous n'avions pratiquement plus rien d'humain. *Le zoo, c'est nous*…

II

Ils passèrent la matinée sur les falaises, face à la côte, pour envoyer à tour de rôle des signaux à l'aide d'un miroir.

Rien n'indiquait que quelqu'un les eût captés. Aucun signal ne leur parvint en retour. La journée était belle, légèrement brumeuse. Au pied des rochers, la mer était agitée par une très forte houle. On ne voyait pas de bateau à l'horizon.

Ils avaient de nouveau fouillé l'île, sans résultat. Aucune trace du médecin disparu.

Vera regarda en direction de la maison et dit d'une voix un peu altérée :

— On se sent plus en sécurité ici, dehors… Ne retournons pas dans ce tombeau.

— Pas mauvaise idée, approuva Lombard. Ici on ne

risque rien ; personne ne peut nous attaquer sans qu'on le repère longtemps à l'avance.

— Nous resterons ici, décréta Vera.

— Il faudra bien passer la nuit quelque part, intervint Blore. À ce moment-là, nous serons obligés de rentrer.

Vera frissonna.

— Je ne le supporterai pas, dit-elle. Je ne *pourrai pas* passer une nuit de plus là-haut !

— Bouclée dans votre chambre, vous serez à l'abri, fit remarquer Philip.

— Oui, sans doute, soupira Vera.

Écartant les bras, elle murmura :

— C'est si bon, de sentir à nouveau la caresse du soleil…

« C'est bizarre…, pensait-elle, je suis presque heureuse. Et pourtant, je suppose que je suis vraiment en danger… Mais là, à la lumière du jour, rien ne semble avoir d'importance… J'ai l'impression d'être toute-puissante… j'ai l'impression d'être immortelle… »

Blore regarda sa montre.

— Il est 2 heures, dit-il. Si on déjeunait ?

— Je ne retourne pas dans cette maison, s'entêta Vera. Je reste ici – à l'air libre.

— Allons, mademoiselle Claythorne. Vous avez besoin de prendre des forces, vous savez.

— Si je vois encore une boîte de langue, je vomis ! répliqua Vera. Je ne veux rien avaler. Il y a des gens qui restent des jours et des jours sans manger quand ils suivent un régime.

— Eh bien ! moi, dit Blore, il me faut des repas réguliers. Et vous, monsieur Lombard ?

— À vrai dire, la perspective d'ingurgiter de la langue en conserve ne m'enchante pas particulièrement, répondit Philip. Je vais rester ici avec Mlle Claythorne.

Comme Blore hésitait, Vera lui lança :

— Ne vous en faites pas pour moi. Ça m'étonnerait qu'il me tire dessus dès que vous aurez le dos tourné, si c'est ce que vous craignez.

— Puisque c'est vous qui le dites..., acquiesça Blore. Mais je vous rappelle que nous ne devions pas nous séparer.

— C'est vous qui tenez à vous jeter dans la gueule du loup, observa Philip. Si vous voulez, je vous accompagne.

— Certainement pas ! se récria Blore. Vous, vous restez ici.

Philip éclata de rire :

— Vous avez encore peur de moi ? Enfin quoi, je pourrais vous descendre tous les deux à l'instant même si j'en avais envie !

— Oui, mais ça ne serait pas conforme au plan. Une seule victime à la fois, et il faut qu'elle meure d'une manière bien précise.

— En tout cas, dit Philip, vous m'avez l'air très au courant.

— Il faut avouer, reprit Blore, que ce n'est pas très rassurant d'aller tout seul dans la maison...

— Autrement dit, enchaîna Philip d'un ton suave, *pourrais-je vous prêter mon revolver ?* Réponse : *non*, je refuse ! Pas si simple que ça, merci bien !

Blore haussa les épaules et entreprit de grimper le raidillon menant à la terrasse.

— L'heure du repas au zoo ! fit Lombard à mi-voix. Les animaux ont des habitudes très régulières !

— C'est bien risqué, non, ce qu'il fait ? s'inquiéta Vera.

— Au sens où vous l'entendez… non, je ne pense pas ! Armstrong n'est pas armé et, de toute façon, Blore est deux fois plus costaud que lui, sans compter qu'il est sur ses gardes. Et puis il est rigoureusement impossible qu'Armstrong soit dans la maison. Je *sais* qu'il n'y est pas.

— Mais alors… qu'est-ce qui reste comme autre solution ?

— Il y a Blore, répondit doucement Philip.

— Oh… Vous pensez vraiment que… ?

— Écoutez, mon petit. Vous avez entendu sa version des événements de cette nuit. Vous devez bien admettre que, si elle est vraie, *je n'ai rien à voir dans la disparition d'Armstrong.* Sa version me met hors de cause. *Mais elle ne le met pas hors de cause, lui.* Nous n'avons que sa parole lorsqu'il affirme avoir entendu des pas, avoir vu un homme descendre l'escalier et sortir de la maison. C'est peut-être un mensonge de bout en bout. Il a très bien pu se débarrasser d'Armstrong deux heures plus tôt.

— Comment ?

Lombard haussa les épaules :

— Ça, nous n'en savons rien. Mais si vous voulez mon avis, nous n'avons qu'un seul danger à redouter… et ce danger, c'est Blore ! Que savons-nous de lui ? Moins que rien ! Cette histoire d'ex-policier, c'est peut-être de la foutaise ! Il pourrait aussi bien être un milliardaire fou… un homme d'affaires cinglé… un pensionnaire de Broadmoor en cavale. Une chose est sûre : il a *pu* commettre chacun de ces crimes, sans exception.

Vera avait pâli. D'une voix un peu oppressée, elle murmura :

— Supposez qu'il arrive à… à nous avoir ?

Lombard tapota son revolver à travers sa poche.

— Je vais m'employer à l'en empêcher, répondit-il sur le même ton.

Il la regarda avec curiosité :

— Vous avez une touchante confiance en moi, Vera. Vous êtes tout à fait sûre que je n'irais pas vous tuer ?

— Il faut bien faire confiance à quelqu'un… Pour en revenir à Blore, je crois que vous vous trompez. Je persiste à penser que c'est Armstrong.

Elle se tourna subitement vers lui :

— Vous n'avez pas l'impression… tout le temps… qu'il y a *quelqu'un* ? Quelqu'un qui nous observe et qui attend ?

— Simple nervosité, dit Lombard avec une certaine réticence.

— Alors vous avez ressenti la même chose, vous aussi ? haleta Vera.

Elle frissonna et se pencha un peu plus vers lui :

— Dites-moi… vous ne pensez pas…

Elle s'interrompit un instant avant d'enchaîner :

— J'ai lu un roman, autrefois… l'histoire de deux juges qui arrivaient dans une petite ville américaine… envoyés par la Cour Suprême. Ils rendaient la Justice… la Justice Absolue. *Parce qu'en fait… ils n'étaient pas de ce monde…*

Lombard haussa les sourcils :

— Des visiteurs célestes, hmm ? Non, je ne crois pas au surnaturel. Il y a un cerveau humain derrière tout ça.

— Par moments… je n'en suis pas si sûre, murmura Vera d'une voix sourde.

Lombard la dévisagea.

— Ça, dit-il, c'est la voix de la conscience…

Après un silence, il ajouta d'un ton uni :

— Vous l'avez donc bel et bien envoyé se noyer, ce gamin ?

— Ce n'est pas vrai ! Ce n'est pas vrai ! protesta Vera avec véhémence. Vous n'avez pas le droit de dire une chose pareille !

Il eut un rire décontracté :

— Oh, que si, c'est vrai, ma toute belle ! Ce que je ne comprends pas, c'est pourquoi vous l'avez fait. Ça me dépasse. Il devait y avoir un homme dans l'histoire. Exact ?

Une soudaine lassitude, une immense fatigue se propagèrent dans les membres de Vera. D'une voix éteinte, elle répondit :

— Oui… il y avait un homme…

— Merci, dit Lombard avec douceur. C'est tout ce que je voulais savoir…

Vera se redressa brusquement.

— Qu'est-ce que c'est ? s'exclama-t-elle. Un tremblement de terre ?

— Non, non, dit Lombard. Mais c'est bizarre… un choc sourd a ébranlé le sol. Et j'ai cru… vous n'avez pas entendu une sorte de cri ? Moi si.

Ils levèrent les yeux vers la maison.

— Ça venait de là, dit Lombard. Mieux vaut aller voir.

— Non, non, je n'y vais pas !

— À votre aise. Moi, j'y vais.

— Bon, je vous accompagne, gémit-elle avec désespoir.

Ils grimpèrent jusqu'à la terrasse, qui offrait un aspect paisible et inoffensif à la lumière du soleil. Ils hésitèrent un instant, puis, au lieu d'entrer par la porte de devant, ils firent avec précaution le tour de la maison.

Et ils découvrirent Blore. Bras et jambes écartés, il gisait sur la terrasse en pierre, côté ouest, le crâne réduit en bouillie par un gros bloc de marbre blanc.

Philip leva la tête :

— C'est la fenêtre de quelle chambre, au-dessus ?

— La mienne, murmura Vera. *Et ça, c'est la pendule qui était sur ma cheminée*... Je la reconnais. Elle avait… la forme d'un ours.

Elle répéta, d'une voix tremblante :

— Elle avait la forme d'un ours…

III

Philip la saisit par l'épaule.

— Voilà qui règle la question, gronda-t-il, farouche. Armstrong se cache quelque part dans la maison. Je vais le débusquer.

Mais Vera se cramponna à lui.

— Ne faites pas l'idiot ! s'écria-t-elle. C'est *nous*, à présent ! Nous sommes les prochains ! Il *veut* que nous partions à sa recherche ! C'est ce qu'il *attend* !

Philip s'arrêta.

— Il y a de l'idée dans ce que vous dites, murmura-t-il, songeur.

— En tout cas, vous devez reconnaître que j'avais raison.

Il hocha la tête :

— Oui… vous avez gagné ! C'est bel et bien Armstrong. Mais où diable s'est-il caché ? Nous avons passé l'île au peigne fin.

— Si vous ne l'avez pas trouvé hier soir, *vous ne le trouverez pas maintenant*… ça tombe sous le sens.

— Oui, convint Lombard à contrecœur, mais…

— Il a dû se préparer un repaire secret… oui, c'est sûrement ce qu'il a dû faire… Un genre de « cache de prêtre », comme dans les vieux manoirs.

— Pas dans une maison moderne comme celle-là.

— Il a pu en faire aménager une spécialement.

Philip Lombard secoua la tête :

— Nous avons tout mesuré le premier jour. Je suis prêt à jurer qu'il n'y a pas de fausses cloisons.

— Il y en a forcément…

— Je voudrais bien voir…, commença Lombard.

— Oui, vous voudriez bien voir ! l'interrompit Vera. Et ça, il le sait ! Il est là-dedans… à vous attendre.

Lombard sortit à moitié le revolver de sa poche :

— N'oubliez pas que j'ai ça.

— Vous avez dit que Blore ne risquait rien, qu'il était beaucoup plus costaud qu'Armstrong. Physiquement, c'était vrai, d'autant qu'il était sur ses gardes. Mais ce que vous n'avez pas l'air de comprendre, c'est qu'Armstrong est *fou* ! Or, un fou a tous les avantages pour lui. Il est deux fois plus rusé que n'importe quel homme sain d'esprit.

Lombard rempocha son revolver.

— Bon, venez, dit-il.

IV

— Qu'est-ce que nous allons faire quand la nuit va tomber ? finit par demander Lombard.

Vera ne répondit pas. Il insista, accusateur :

— Vous n'avez pas pensé à ça ?

— Mais que *pouvons-nous* faire ? répondit-elle avec l'accent du désespoir. Oh ! mon Dieu, *j'ai peur*...

— Le ciel est dégagé, dit Philip Lombard. Il y aura clair de lune. Nous devrions trouver un abri… là-haut, dans les falaises. Nous y resterons en attendant le lever du jour. *Mais il ne faudra pas nous endormir*... Nous devrons monter la garde en permanence. Et si jamais quelqu'un s'approche, je tire à vue !

Il ajouta :

— Vous n'aurez pas froid, dans cette robe légère ?

— Froid ? répliqua Vera avec un rire rauque. J'aurais encore plus froid si j'étais morte.

— Oui, c'est un fait..., admit Lombard d'un ton uni.

Nerveuse, Vera s'agitait :

— Si je reste assise là une minute de plus, je vais devenir enragée. Marchons un peu.

— D'accord.

Ils firent lentement les cent pas, longeant la ligne de rochers qui dominait la mer. À l'ouest, le soleil déclinait. La lumière, douce et veloutée, les enveloppait de sa clarté dorée.

— Dommage qu'on ne puisse pas se baigner, dit Vera avec un petit gloussement nerveux.

Philip, qui contemplait la mer, en contrebas, s'exclama soudain :

— Tiens, qu'est-ce que c'est, là-bas ? Près de ce gros rocher, vous voyez... ? Non... un peu plus à droite.

Vera regarda avec curiosité :

— On dirait des vêtements !

— Un baigneur, hein ? fit Lombard en riant. Bizarre... Je pense plutôt que ce sont des algues.

— Allons voir, dit Vera.

— Ce sont bien des vêtements, dit Lombard lorsqu'ils furent plus près. Tout un paquet. J'aperçois une chaussure. Venez, approchons-nous encore.

Non sans difficulté, ils crapahutèrent sur les rochers.

Soudain, Vera s'arrêta.

— *Ce ne sont pas des vêtements*, dit-elle. *C'est un homme...*

Rejeté par la marée quelques heures plus tôt, le corps était coincé entre deux rochers.

Au prix d'un dernier effort, Lombard et Vera l'atteignirent enfin. Ils se penchèrent sur lui.

Un visage violacé, décoloré... un hideux visage de noyé…

— Bon Dieu ! s'écria Lombard. *C'est Armstrong…*

Chapitre 16

I

Des siècles passèrent… des mondes tourbillonnèrent, virevoltèrent… Le temps était immobile, suspendu… il traversait les âges…

Non, une minute à peine venait de s'écouler…

Deux personnes, debout, contemplaient le cadavre d'un homme…

Lentement, très lentement, Vera Claythorne et Philip Lombard relevèrent la tête et se regardèrent dans les yeux…

II

Lombard éclata de rire :

— C'est l'instant de vérité, n'est-ce pas, Vera ?

— Il n'y a plus personne sur l'île…, dit-elle d'une voix qui n'était guère qu'un murmure. Absolument plus personne… *à part nous deux…*

— Tout juste, dit Lombard. Nous savons donc à quoi nous en tenir, pas vrai ?

— Mais alors… le coup de l'ours en marbre… comment a-t-il été exécuté ?

Il haussa les épaules :

— Simple tour de passe-passe, ma chère. Mais un bon…

De nouveau, leurs regards se croisèrent.

« *Comment se fait-il que je n'aie jamais bien regardé son visage ?* se dit Vera. *Un loup... un faciès de loup, voilà ce que c'est. Ces dents horribles...* »

D'une voix menaçante, dangereuse, semblable à un grondement, Lombard déclara :

— C'est la fin, comprenez-vous ? Nous connaissons maintenant la vérité. *Et c'est la fin...*

— Je comprends…, répondit Vera avec calme.

Elle contemplait la mer. Le général Macarthur aussi avait contemplé la mer – quand ça, au fait ? – … seulement hier ? Ou bien était-ce avant-hier ? Et lui aussi, il avait dit : « *C'est la fin...* »

Il l'avait dit avec résignation… presque avec soulagement.

Mais chez Vera, ces mots – cette idée – suscitèrent la révolte.

Non, ce ne serait pas la fin.

Elle regarda le mort.

— Pauvre Dr Armstrong…, murmura-t-elle.

Lombard ricana :

— C'est quoi, ça ? Un élan de pitié féminine ?

— Et pourquoi pas ? Vous n'éprouvez pas de pitié, vous-même ?

— Je n'en éprouve aucune pour vous, répliqua-t-il. N'y comptez pas !

Vera baissa de nouveau les yeux sur le cadavre :

— Il faut le sortir de là. Le transporter dans la maison.

— Pour qu'il rejoigne les autres victimes, c'est ça ? Que tout soit net et bien en ordre ? En ce qui me concerne, il peut rester là où il est.

— Mettons-le au moins au sec, dit Vera.

Lombard se mit à rire :

— Si ça peut vous faire plaisir…

Il s'arc-bouta et tira sur le corps. Vera s'appuya contre lui pour l'aider. Elle tira, hala de toutes ses forces.

— Pas si facile, dites donc ! haleta Lombard.

Ils parvinrent néanmoins à traîner le corps hors d'atteinte de la marée haute.

— Satisfaite ? demanda Lombard en se redressant.

— Tout à fait, répondit-elle.

Le ton de sa voix alerta Lombard, qui se retourna d'un bloc. Avant même d'avoir tâté la poche de sa veste, il comprit qu'elle serait vide.

Vera avait reculé de quelques pas et lui faisait face, revolver au poing.

— Voilà donc qui explique votre sollicitude ! gronda Lombard. Vous vouliez me faire les poches.

Elle acquiesça.

Elle tenait l'arme bien en main, sans trembler.

Philip Lombard comprit que la mort était toute proche. Jamais elle n'avait été si proche.

Mais il ne s'avouait pas encore vaincu.

— Donnez-moi ce revolver ! dit-il d'un ton impérieux.

Vera se borna à rire.

— Allons, donnez-le-moi ! répéta Lombard.

Il réfléchissait à toute allure. Comment faire ? Quelle méthode employer ? Parlementer ? Endormir sa méfiance ? Se jeter sur elle… ?

Toute sa vie, il avait choisi la voie du risque.

Cette fois encore, il n'y manqua pas.

Il se mit à parler d'une voix lente, persuasive :

— Maintenant, ma chère petite, écoutez-moi…

Puis il bondit. Vif comme une panthère – vif comme n'importe quelle créature féline… D'un geste instinctif, Vera pressa la détente.

Fauché en plein élan, Lombard demeura un instant suspendu dans les airs avant de s'effondrer lourdement sur le sol.

Vera s'avança avec circonspection, le revolver pointé sur lui.

Mais la prudence n'était plus nécessaire.

Philip Lombard était mort, touché en plein cœur…

III

Le soulagement submergea Vera – un soulagement incommensurable, exquis.

C'était enfin terminé.

Fini d'avoir peur. Fini de vivre en permanence sur les nerfs…

Elle était seule sur l'île…

Seule avec neuf cadavres…

Mais quelle importance ? *Elle* était vivante… Elle s'assit, délicieusement heureuse, délicieusement sereine…

Fini, la peur…

IV

Le soleil se couchait lorsque Vera se décida enfin à bouger. Le contrecoup l'avait paralysée, rendue momentanément incapable d'éprouver autre chose que ce merveilleux sentiment de sécurité.

Mais maintenant, elle avait faim et sommeil. Surtout sommeil. Elle avait envie de se jeter sur son lit et de dormir, dormir, dormir…

Demain, peut-être, on viendrait la secourir… mais, au fond, elle ne s'en souciait guère. Elle ne voyait pas d'inconvénient à rester ici. À présent qu'elle était seule…

Ô paix, paix bienheureuse…

Elle se mit debout et leva les yeux vers la maison.

Plus rien à en craindre ! Rien de terrifiant ne l'y attendait ! Ce n'était qu'une maison moderne, ordinaire, bien conçue. Et pourtant, quelques heures plus tôt, elle ne pouvait pas la regarder sans frissonner…

La peur… étrange chose que la peur…

Mais maintenant, c'était terminé. Elle avait vaincu – triomphé d'un péril mortel. Grâce à sa présence d'esprit et à son habileté, elle avait retourné la situation aux dépens de celui qui voulait sa perte.

Elle se mit en marche vers la maison.

Le soleil se couchait. À l'ouest, le ciel était strié de longues traînées rouges et orangées. C'était beau, apaisant…

« À croire que j'ai rêvé toute cette histoire », pensa Vera.

Dieu, qu'elle était fatiguée… terriblement fatiguée ! Elle avait les membres ankylosés. Ses paupières se fermaient toutes seules. Plus besoin d'avoir peur… Dormir. Dormir… dormir… dormir…

Dormir en toute sécurité, puisqu'elle était seule sur l'île. *Un p'tit soldat se retrouva solitaire…*

Elle sourit.

Elle entra par la porte de devant. La maison, elle aussi, paraissait étrangement paisible.

« Normalement, se dit Vera, on ne devrait pas avoir envie de dormir dans une maison où il y a un cadavre pratiquement dans chaque chambre ! »

Si elle allait à la cuisine chercher quelque chose à manger ?

Après un instant d'hésitation, elle y renonça. Elle était vraiment trop épuisée…

Elle s'arrêta devant la porte de la salle à manger. Il y avait encore trois petites figurines en porcelaine au milieu de la table.

— Vous avez du retard, mes chéris ! dit-elle en riant.

Elle en prit deux, qu'elle jeta par la fenêtre. Elle les entendit se briser sur la terrasse.

La troisième, elle la prit dans sa main.

— Toi, je t'emmène, dit-elle. Nous avons gagné, mon ami ! Nous avons gagné !

Le hall était sombre dans la lumière déclinante. Le petit soldat bien serré dans sa paume, Vera commença à monter l'escalier. Lentement, parce que ses jambes étaient soudain très lourdes.

« *Un p'tit soldat se retrouva solitaire.* » Ça se terminait comment, déjà ? Ah ! oui : « *Il décida de se marier, tralalère ! – n'en resta plus aucun.* »

Se marier… Curieux, d'avoir à nouveau cette impression que Hugo était dans la maison…

Une impression très forte. Oui, Hugo était en haut à l'attendre.

« Ne sois pas ridicule, se dit Vera. Tu es si fatiguée que tu imagines les choses les plus extravagantes… »

Lentement, marche après marche…

En haut de l'escalier, un objet s'échappa de sa main et tomba sans bruit sur le tapis de haute laine. Elle ne remarqua pas qu'elle avait lâché le revolver. Elle avait seulement conscience de la petite figurine de porcelaine qu'elle serrait entre ses doigts.

Un silence de mort régnait dans la maison. Et pourtant… on n'aurait pas dit une maison vide…

Hugo, en haut, l'attendait…

« *Un p'tit soldat se retrouva solitaire.* » Quel était le dernier vers, déjà ? Une histoire de mariage, non ?… Ou bien s'agissait-il d'autre chose ?

Elle était arrivée devant la porte de sa chambre. Hugo l'attendait à l'intérieur… elle en était sûre et certaine.

Elle ouvrit la porte…

Et poussa un cri étouffé…

Qu'était-ce donc qui pendait là, au crochet du plafond? Une corde avec un nœud coulant tout prêt? Et une chaise pour grimper dessus... une chaise qu'il suffirait ensuite de renverser d'un coup de pied...

C'était ce que voulait Hugo...

Et d'ailleurs, cela correspondait au dernier vers de la comptine: «*Il alla se pendre, quelle misère! – n'en resta plus aucun.*»

Le petit soldat en porcelaine lui glissa des doigts. Sans qu'elle s'en rende compte, il roula sur le tapis et alla se briser contre le pare-feu.

Telle une automate, Vera s'avança. C'était la fin... ici, à l'endroit même où la main froide et humide – la main de Cyril, naturellement – lui avait frôlé la gorge...

«*Oui, Cyril, tu peux nager jusqu'au rocher...*»

Voilà ce que c'était, un meurtre: pas plus compliqué que ça!

Mais après, les souvenirs vous hantaient...

Elle monta sur la chaise, les yeux rivés droit devant elle comme une somnambule... Elle se passa le nœud autour du cou.

Hugo était là pour veiller à ce qu'elle aille jusqu'au bout.

D'un coup de pied, elle renversa la chaise...

ÉPILOGUE

— Mais cette histoire est invraisemblable ! s'emporta sir Thomas Legge, l'adjoint du préfet de police.

— Je sais, monsieur, répondit l'inspecteur Maine avec déférence.

— Dix cadavres sur une île ! reprit l'APP. Et pas âme qui vive dans les parages ! Ça ne tient pas debout !

— Et pourtant, monsieur, c'est un *fait*, rétorqua l'inspecteur Maine, imperturbable.

— Bon sang, Maine, il faut bien que quelqu'un les ait tués, ces gens !

— C'est tout le problème, monsieur.

— Rien qui puisse nous aider dans le rapport du médecin légiste ?

— Non, monsieur. Wargrave et Lombard ont été tués d'une balle de revolver, le premier dans la tête, le second en plein cœur. Mlle Brent et Marston ont été empoisonnés au cyanure. Mme Rogers est morte d'une trop forte dose de chloral. Rogers a eu le crâne fendu. Blore a eu la tête réduite en bouillie. Armstrong est mort noyé. Macarthur a eu le crâne fracassé par un coup porté derrière la tête et Vera Claythorne a été trouvée pendue.

Sir Thomas Legge fit la grimace :

— Sale affaire… de A à Z.

Il réfléchit une minute avant de reprendre, d'un ton irrité :

— Et vous voulez me faire croire que vous n'avez rien pu tirer des habitants de Sticklehaven ? Enfin quoi, ils savent forcément quelque chose !

L'inspecteur Maine haussa les épaules :

— Ce sont de braves gens de mer parfaitement ordinaires. Ils savent que l'île a été achetée par un certain O'Nyme… et c'est à peu près tout.

— Qui a approvisionné l'île et pris les dispositions nécessaires ?

— Un dénommé Morris. Isaac Morris.

— Et lui, qu'est-ce qu'il dit de tout ça ?

— Il ne peut rien dire, monsieur. Il est mort.

L'APP fronça les sourcils :

— On a des renseignements sur ce Morris ?

— Oh ! oui, monsieur. C'était un individu peu ragoûtant. Il a été impliqué dans l'affaire Bennito, il y a trois ans, cette histoire de transactions boursières frauduleuses. Nous n'avons rien pu prouver, mais nous sommes sûrs du coup. Il a également été mêlé à des trafics de drogue. Là encore, impossible à prouver. C'était un homme très prudent, Morris.

— Et il était derrière cette histoire d'île ?

— Oui, monsieur. C'est lui qui avait négocié l'achat de l'île du Soldat, en prenant soin de préciser qu'il agissait pour le compte d'une tierce personne, anonyme.

— Il y a sûrement quelque chose à découvrir en creusant l'aspect financier de l'acquisition ?

— On voit que vous ne connaissiez pas Morris ! Il jonglait si bien avec les chiffres que le meilleur expert-comptable du pays n'aurait pas su par quel bout s'y prendre ! Nous avons eu un échantillon de ses talents au moment de l'affaire Bennito. Non, il a soigneusement brouillé la piste de son employeur.

L'APP lâcha un soupir. L'inspecteur Maine poursuivit :

— C'est Morris qui s'est occupé de tout à Sticklehaven. Pour ses démarches, il se présentait comme le mandataire de « M. O'Nyme ». Et c'est lui qui a expliqué aux habitants qu'il s'agissait d'une expérience, d'un pari – vivre pendant une semaine sur une « île déserte » – et qu'il ne faudrait tenir aucun compte d'éventuels appels à l'aide provenant de là-bas.

Sir Thomas Legge se trémoussa, déconcerté :

— Et vous me dites que tous ces gens n'ont pas flairé du louche ? Même à ce moment-là ?

Maine haussa les épaules :

— Vous oubliez, monsieur, que le précédent propriétaire de l'île était Elmer Robson, le jeune milliardaire américain, qui y donnait les fêtes les plus extravagantes. J'imagine que les gens du cru, au début, ont dû en avoir les yeux qui leur sortaient des orbites. Mais ils ont fini par s'y habituer et par considérer que tout ce qui touchait à l'île du Soldat était nécessairement incroyable. C'est une réaction naturelle, monsieur, quand on y réfléchit.

L'APP reconnut d'un air lugubre que ce n'était pas faux. Maine enchaîna :

— Fred Narracott – le passeur qui les a emmenés

sur l'île – a quand même fait un commentaire éclairant. Il a dit qu'il avait été surpris de voir des gens si ordinaires. « Rien à voir avec les invités de M. Robson. » C'est d'ailleurs le fait qu'ils étaient si normaux, si discrets, qui l'a décidé à enfreindre les consignes de Morris et à se rendre sur l'île quand il a entendu parler des SOS.

— Quand y sont-ils allés, lui et les autres ?

— Les signaux ont été repérés par une troupe de scouts dans la matinée du 11. Le temps ne permettait pas de prendre la mer ce jour-là. Ils ont donc fait la traversée dans l'après-midi du 12, dès qu'il leur a été possible de débarquer sur place. Et ils sont tous formels : personne n'aurait pu quitter l'île avant leur arrivée. Suite à la tempête, la mer était très agitée.

— Personne n'aurait pu atteindre le rivage à la nage ?

— La côte est à plus d'un kilomètre et demi et la mer était houleuse, avec de grandes déferlantes. Sans compter qu'un tas de gens – boy-scouts et autres – se trouvaient sur les falaises et regardaient en direction de l'île.

— Et ce disque de gramophone que vous avez trouvé dans la maison ? soupira l'APP. Vous n'avez rien déniché de ce côté-là qui puisse nous aider ?

— J'ai remonté la piste, répondit l'inspecteur Maine. Le disque a été fourni par une société spécialisée dans les effets sonores pour le cinéma et le théâtre. Il a été envoyé à « Monsieur A.N. O'Nyme, aux bons soins d'Isaac Morris », officiellement pour la représentation, par une troupe d'amateurs, d'une pièce encore jamais jouée. Le texte dactylographié de ladite pièce a été retourné avec le disque.

— Et son contenu ? demanda Legge.

— J'y viens, monsieur, répondit l'inspecteur avec gravité.

Il s'éclaircit la gorge :

— J'ai enquêté sur ces accusations dans toute la mesure de mes moyens. En commençant par les Rogers, qui ont été les premiers à arriver sur l'île. Ils étaient au service d'une certaine Mlle Brady, laquelle est morte subitement. Je n'ai rien pu tirer de précis du médecin qui la soignait. Il dit qu'ils n'ont certainement pas empoisonné leur patronne ni rien de ce genre, mais il n'en pense pas moins qu'il y a eu un coup tordu – qu'elle est morte à la suite d'une négligence de leur part. Le genre de chose absolument impossible à prouver, selon lui.

» Vient ensuite le juge Wargrave. Là, pas de problème. C'est le juge qui a condamné Seton à mort.

» Soit dit en passant, Seton était coupable – incontestablement coupable. On en a eu la preuve, sans l'ombre d'un doute, après sa pendaison. Mais on avait beaucoup jasé à l'époque : neuf personnes sur dix étaient convaincues que Seton était innocent et que le juge s'était montré partial.

» Vera Claythorne, elle, était gouvernante dans une famille où s'est produite une mort par noyade. Elle ne paraît néanmoins avoir aucune responsabilité dans l'affaire. Sa conduite, au contraire, a été exemplaire : elle s'est portée au secours de l'enfant, a été entraînée vers le large et n'a pu être sauvée que d'extrême justesse.

— Continuez, soupira l'APP.

Maine reprit son souffle :

— Le Dr Armstrong, maintenant. Médecin réputé. Il avait son cabinet à Harley Street. Absolument irréprochable sur le plan professionnel. Je n'ai pas trouvé trace d'une quelconque opération illégale. En revanche, une certaine Mme Clees a été opérée par ses soins à Leithmore, en 1925, quand il était interne à l'hôpital local. Péritonite – et elle est morte sur le billard. Il n'a peut-être pas été très adroit sur cette intervention – après tout, il manquait d'expérience –, mais la maladresse ne constitue pas un crime. Par-dessus le marché, il n'avait rigoureusement aucun mobile.

» Vient ensuite Mlle Emily Brent. La jeune Beatrice Taylor était domestique chez elle. La petite s'est retrouvée enceinte, a été flanquée dehors par sa patronne et s'est jetée dans la rivière. Sordide affaire… mais, là encore, rien de criminel.

— Tout est là, semble-t-il, fit remarquer Legge. A.N. O'Nyme s'est intéressé à des cas où la justice ne pouvait rien.

Imperturbable, Maine poursuivit son énumération :

— Le jeune Marston était un véritable chauffard : on lui avait confisqué deux fois son permis et, à mon avis, on aurait dû carrément lui interdire de conduire. À part ça, rien d'autre à son sujet. John et Lucy Combes, mentionnés dans l'enregistrement, sont les noms des deux gosses qu'il avait écrasés près de Cambridge. Des amis à lui avaient témoigné en sa faveur et il s'en était tiré avec une amende.

» Je n'ai rien trouvé de précis sur le général Macarthur. Excellents états de service, guerre de 14-18 et tout ce qui s'ensuit. Arthur Richmond servait sous ses ordres en France quand il a été tué au front. Aucune friction à signaler entre le général et lui. Au contraire, ils étaient amis proches. Beaucoup de bourdes ont été commises à l'époque… des hommes sacrifiés sans nécessité par leurs chefs. Il s'agissait peut-être d'une erreur de ce genre.

— Peut-être…, fit l'APP.

— Philip Lombard, à présent. Il s'est trouvé impliqué dans certaines opérations très bizarres à l'étranger. Une ou deux fois, il a failli avoir maille à partir avec la justice. Il avait la réputation d'un type qui n'a pas froid aux yeux et que les scrupules n'étouffent pas. Le genre d'individu capable de commettre plusieurs meurtres dans un bled perdu.

» Nous en arrivons enfin à Blore… Lui, c'était un des nôtres, ajouta Maine après une hésitation.

L'APP s'agita sur son siège.

— Blore était un pourri ! dit-il avec force.

— Vous croyez, monsieur ?

— Je l'ai toujours pensé. Mais il était assez malin pour ne pas se faire prendre. J'ai la conviction qu'il a fait un faux témoignage éhonté lors du procès Landor. Ça ne m'a pas plu, à l'époque, mais je n'ai rien pu prouver. Harris, que j'avais mis sur le coup, a fait chou blanc lui aussi, mais je persiste à croire qu'il y avait quelque chose à trouver contre lui – pour peu qu'on ait su où chercher. Ce type n'était pas régulier.

Après une pause, sir Thomas Legge enchaîna :

— Et vous dites qu'Isaac Morris est mort ? Quand ça ?

— J'attendais cette question, monsieur. Isaac Morris est mort dans la nuit du 8 août. Trop forte dose de somnifère… un barbiturique, je crois. Pas moyen de savoir s'il s'agissait d'un accident ou d'un suicide.

— Vous voulez savoir ce que je pense, Maine ?

— Je crois le deviner, monsieur.

— La mort de Morris tombe sacrément à pic ! dit Legge, abattu.

L'inspecteur Maine inclina la tête :

— Je pensais bien que vous alliez dire ça, monsieur.

L'adjoint du préfet de police tapa violemment du poing sur la table :

— Cette histoire est abracadabrante… impossible ! Dix personnes assassinées sur un rocher dénudé… et nous ne savons ni qui a fait le coup, ni pourquoi, ni comment !

Maine toussota :

— Euh… ce n'est pas tout à fait exact, monsieur. Nous savons plus ou moins *pourquoi*. Notre meurtrier a une conception fanatique, obsessionnelle, de la justice. Il a cherché des gens contre qui la loi était impuissante. Il a sélectionné dix personnes – peu lui importait de savoir si elles étaient vraiment coupables ou non…

L'APP se redressa :

— Vous croyez ? dit-il vivement. Moi, il me semble…

Il s'interrompit. L'inspecteur Maine attendit respectueusement. Legge secoua la tête en soupirant.

— Continuez, dit-il. J'ai cru un instant que je tenais quelque chose. La clef du mystère, en fait. Mais ça m'a échappé. Reprenez où vous en étiez.

Maine enchaîna :

— Il y avait dix personnes à exécuter, disons. Or, elles ont bel et bien été exécutées. A.N. O'Nyme a accompli sa tâche. Après quoi, Dieu sait comment, il s'est volatilisé.

— Fameux tour de passe-passe, maugréa l'APP. Mais vous savez, Maine, il y a forcément une explication.

— Je vois votre idée, monsieur. Si notre homme n'était pas sur l'île à l'arrivée des secours, s'il n'a pas pu quitter l'île, et si – d'après le récit des intéressés – il n'a à aucun moment été sur l'île… alors, la seule explication possible est qu'il était en fait l'un des dix.

L'APP opina du chef.

— Nous y avons songé, monsieur, dit Maine d'un ton pénétré. Nous avons creusé cette hypothèse. Précisons d'abord que nous ne sommes pas totalement dans l'ignorance de ce qui s'est passé sur l'île du Soldat. Vera Claythorne tenait un journal intime, Emily Brent aussi. Le vieux Wargrave a pris quelques notes – rédigées avec la sécheresse d'un magistrat, mais d'une parfaite clarté. Blore, lui aussi, a pris des notes. Tous ces témoignages écrits concordent. Les victimes sont mortes dans l'ordre suivant : Marston, Mme Rogers, Macarthur, Rogers, Mlle Brent, Wargrave. Après la mort du juge, Vera Claythorne mentionne dans son journal que le Dr Armstrong a quitté la maison en pleine nuit et que Blore et Lombard se sont lancés à sa poursuite. Quant au calepin de Blore, on y trouve une dernière note – juste trois mots : *Armstrong a disparu.*

» En tenant compte de tous ces éléments, monsieur, il m'a d'abord semblé que nous pourrions aboutir à une solution parfaitement acceptable. Si vous vous en souvenez, Armstrong s'est noyé. Partant du principe qu'Armstrong était fou, qu'est-ce qui l'empêchait, après avoir tué tous les autres, de se suicider en se jetant du haut de la falaise, ou de se noyer en essayant de rejoindre la côte à la nage ?

» C'était une bonne solution… Malheureusement, elle ne tient pas. Non, monsieur, elle ne tient pas. Tout d'abord, il y a le témoignage du médecin légiste. Il est arrivé sur l'île le 13 août en début de matinée. Il n'a pas pu nous apprendre grand-chose. Tout ce qu'il a pu nous dire, c'est que les victimes étaient toutes mortes depuis au moins trente-six heures et sans doute bien davantage. Mais il a été formel pour Armstrong. Selon lui, le corps du médecin a séjourné dans l'eau entre huit et dix heures avant d'être rejeté sur le rivage. Il s'ensuit qu'Armstrong a dû plonger dans la mer au cours de la nuit du 10 au 11… et je vais vous expliquer pourquoi. Nous avons repéré l'endroit où son cadavre a échoué ; il est resté un bon moment coincé entre deux rochers sur lesquels on a relevé des lambeaux de vêtements, des cheveux, etc. Il a dû être déposé là le 11, à marée haute… c'est-à-dire aux environs de 11 heures du matin. En effet, la tempête s'est ensuite calmée et les marées suivantes ont été de beaucoup plus faible intensité.

» On pourrait évidemment supposer qu'Armstrong a réussi à liquider les trois autres *avant* d'entrer dans l'eau cette nuit-là. Mais il y a un autre élément impossible à contourner. *Le corps d'Armstrong a été traîné au-delà du niveau des plus hautes eaux.* Quand nous l'avons retrouvé, il était largement hors d'atteinte de la marée. Et il était allongé bien droit sur le sol, les vêtements bien en ordre.

» Ce qui établit au moins une chose : il y avait encore quelqu'un de *vivant* sur l'île *après la mort d'Armstrong.*

Il s'arrêta un instant avant de poursuivre :

— Ce qui nous laisse donc... quoi, au juste ? Voici quelle est la situation le 11, en début de matinée. Armstrong a « disparu » (*noyé*). Restent trois personnes : Lombard, Blore et Vera Claythorne. Lombard a été tué par balle. Son corps était sur le rivage... près de celui d'Armstrong. Vera Claythorne a été retrouvée pendue dans sa chambre. Blore était sur la terrasse, la tête fracassée par une lourde pendule de marbre qui, selon toute probabilité, lui est tombée dessus de la fenêtre du premier étage.

— Quelle fenêtre ? s'enquit vivement l'APP.

— Celle de Vera Claythorne. Et maintenant, si vous le voulez bien, monsieur, examinons chaque cas séparément. Commençons par Philip Lombard. Admettons que ce soit lui qui ait balancé le bloc de marbre sur la tête de Blore, puis qu'il ait pendu Vera Claythorne après l'avoir droguée. Et que, pour finir, il soit descendu sur le rivage et se soit tiré une balle en plein cœur :

» Mais dans ce cas, *qui lui a pris le revolver ?* Car on a retrouvé l'arme au premier étage de la maison, sur le seuil de la chambre située en face de l'escalier… la chambre de Wargrave.

— Des empreintes ? demanda Legge.

— Oui, monsieur. Celles de Vera Claythorne.

— Bonté divine ! Mais alors…

— Je sais ce que vous allez dire, monsieur. Que c'est elle la coupable. Qu'elle a tué Lombard, rapporté le revolver dans la maison, balancé le bloc de marbre sur la tête de Blore… puis qu'elle s'est pendue.

» Et c'est parfaitement plausible… à un détail près. Il y a dans sa chambre une chaise sur le siège de laquelle on a relevé des traces d'algues… les mêmes que sur ses chaussures. Comme si elle était montée sur la chaise, s'était passé la corde au cou et avait renversé la chaise d'un coup de pied.

» *Seulement voilà : la chaise n'était pas renversée quand on l'a retrouvée.* Elle était alignée contre le mur avec les autres. Et ça, c'est *quelqu'un d'autre* qui l'a fait… *après la mort de Vera Claythorne.*

» Reste donc Blore. Mais si vous essayez de me convaincre que Blore, après avoir tiré sur Lombard et poussé Vera Claythorne à se pendre, est sorti sur la terrasse et s'est fait tomber dessus un énorme bloc de marbre en le manœuvrant avec une ficelle ou je ne sais quoi… eh bien ! je ne vous croirai pas. On ne se suicide pas de cette manière… et, de surcroît, ce n'était pas le genre de Blore. Nous, nous l'avons connu : on ne pouvait pas lui reprocher un goût immodéré pour la justice.

— Je suis d'accord, acquiesça l'APP.

— Par conséquent, monsieur, reprit l'inspecteur Maine, il y avait forcément *quelqu'un d'autre* sur l'île. Quelqu'un qui a réglé les derniers détails une fois que tout a été fini. Mais où était-il caché pendant tout ce temps… et où est-il allé ? Les gens de Sticklehaven sont absolument sûrs que personne n'a pu quitter l'île avant l'arrivée des secours. Mais dans ce cas…

Il se tut.

— Dans ce cas…, répéta sir Thomas Legge.

Il soupira. Il secoua la tête. Et il se pencha vers Maine.

— Mais dans ce cas, dit-il, *qui les a tués ?*

DOCUMENT MANUSCRIT ENVOYÉ À SCOTLAND YARD PAR LE PATRON DU CHALUTIER *L'EMMA JANE*

Dès mon plus jeune âge, je me suis rendu compte que ma nature était un tissu de contradictions. Pour commencer, je suis doté d'une imagination incurablement romanesque. Jeter à la mer une bouteille contenant un document important était une pratique qui ne manquait jamais de m'enthousiasmer quand, enfant, je lisais des romans d'aventures. Elle m'enthousiasme encore aujourd'hui, et c'est pourquoi j'ai adopté cette méthode : rédiger ma confession, l'introduire dans une bouteille, fermer ladite bouteille et la livrer aux flots. Il y a, je suppose, une chance sur cent pour qu'on retrouve un jour ce manuscrit – et à ce moment-là (ou bien me flatté-je ?) une énigme criminelle jusque-là insoluble trouvera enfin son explication.

Outre mon côté romanesque, j'ai reçu à la naissance des traits de caractère bien particuliers. Ainsi, j'éprouve un plaisir indéniablement sadique à voir mourir ou à causer la mort. Je me souviens d'expériences pratiquées sur des guêpes et sur divers insectes nuisibles… J'ai connu, très tôt, avec intensité, la volupté de tuer.

Mais ce trait coexistait avec un autre, contradictoire : un sens aigu de la justice. Qu'une personne ou une créature innocente puisse souffrir ou mourir par ma faute me révulsait. J'ai toujours été fermement convaincu que le droit devait prévaloir.

Avec une mentalité comme la mienne, on peut comprendre (un psychologue le comprendrait, je pense) que j'aie choisi de faire carrière dans la magistrature. La profession juridique satisfaisait pratiquement tous mes instincts.

Le crime et son châtiment m'ont toujours fasciné. J'aime lire tout ce qui est roman policier et thriller. J'ai inventé, pour mon amusement personnel, les méthodes les plus ingénieuses pour commettre un meurtre.

Ce secret instinct de ma nature trouva matière à se développer lorsque vint pour moi le moment de présider un tribunal. Voir un misérable criminel se trémousser dans le box des accusés, en proie aux tourments des damnés tandis que se rapprochait lentement, inexorablement, l'heure de la sentence, me procurait un plaisir exquis. Mais attention : je n'éprouvais aucun plaisir à y voir un *innocent.* En deux occasions au moins, j'ai interrompu les débats dès lors que l'accusé m'apparaissait manifestement innocent, et j'ai aiguillé le jury vers un non-lieu. Toutefois, grâce à la probité et à l'efficacité de notre police, la majorité des prévenus qui ont comparu devant moi pour meurtre se sont révélés effectivement coupables.

Je tiens à dire ici que tel était le cas du dénommé Edward Seton. Sa prestance et ses manières étaient trompeuses, et il fit une bonne impression sur le jury.

Pourtant, non seulement les preuves – évidentes, sinon spectaculaires – mais ma propre connaissance des criminels m'avaient convaincu sans l'ombre d'un doute que cet homme avait bien commis le crime dont on l'accusait : l'assassinat brutal d'une vieille dame qui lui faisait confiance.

J'ai la réputation d'être un pourvoyeur de la potence, mais c'est injuste. Je me suis toujours montré rigoureusement équitable et scrupuleux dans mes conclusions.

Je ne cherchais qu'à protéger les jurés contre les réactions émotives suscitées par les émouvantes envolées de nos ténors les plus portés sur l'émotion. J'attirais leur attention sur les preuves concrètes.

Depuis quelques années, j'ai remarqué chez moi un changement, une perte de hauteur… un désir croissant d'agir plutôt que de juger.

J'avais envie – reconnaissons-le franchement – *de commettre un meurtre moi-même.* J'assimilais cela au désir qu'a l'artiste de s'exprimer ! J'étais – ou pouvais être – un artiste du crime ! Mon imagination, sévèrement bridée par les devoirs de ma charge, s'épanouissait en secret avec une force colossale.

Il fallait, il fallait, il *fallait* que je commette un meurtre ! Et, qui plus est, pas un meurtre ordinaire ! Ce devait être un crime fantastique, stupéfiant, hors du commun ! À cet égard, j'ai encore, je crois, une imagination d'adolescent.

Je voulais commettre un crime théâtral, impossible !

Je voulais tuer… Oui, je voulais tuer…

Cependant, si incongru que cela paraisse, j'étais

entravé par mon sens inné de la justice. L'innocent ne doit pas souffrir.

Et puis, sans avertissement, l'idée m'est venue – déclenchée par une remarque fortuite émise au cours d'une banale conversation. Je bavardais avec un médecin, un généraliste parfaitement ordinaire. Il observa négligemment que, bien souvent, étaient commis des meurtres contre lesquels la loi ne pouvait rien.

Et il me cita à titre d'exemple le cas d'une vieille dame, une de ses patientes, qui était morte récemment. Il avait la conviction que le décès était dû au fait que le couple de domestiques qui s'occupait d'elle – et qui devait tirer de sa mort un bénéfice substantiel – avait délibérément omis de lui administrer son médicament. C'était impossible à prouver, m'expliqua-t-il, mais il n'en était pas moins convaincu de ce qu'il avançait. Il existait, ajouta-t-il, nombre de cas du même genre : des meurtres commis de sang-froid, hors d'atteinte de la justice.

C'est ainsi que tout a commencé. Ma voie était soudain tracée. Et j'ai décidé de commettre non pas un seul meurtre, mais toute une série de meurtres.

Une comptine qui avait bercé ma tendre enfance me revint en mémoire : la comptine des dix p'tits soldats. À l'âge de deux ans, elle m'avait littéralement fasciné : l'inexorable élimination des personnages, ce sentiment d'inéluctable…

J'entrepris, en secret, de rechercher des victimes…

Je n'entrerai pas ici dans les détails du processus employé. J'avais mis au point une sorte de questionnaire type que j'utilisais subtilement, dans la conversation, avec presque toutes les personnes que je rencontrais – et j'obtenais des résultats véritablement surprenants. C'est au cours d'un séjour en clinique que je récoltai le cas du Dr Armstrong. L'infirmière qui s'occupait de moi, virulente adepte de la tempérance et désireuse de me prouver les méfaits de la boisson, me raconta une affaire qui s'était passée bien des années auparavant : dans un hôpital, un médecin sous l'emprise de l'alcool avait tué la patiente qu'il opérait. En interrogeant négligemment l'infirmière sur l'établissement où elle avait été stagiaire, etc., je ne tardai pas à obtenir les renseignements nécessaires. Et je retrouvai sans difficulté la trace du médecin et de la malade en question.

Une conversation entre deux vieux militaires cancaniers, à mon club, me mit sur la piste du général Macarthur. Un homme, récemment rentré d'Amazonie, me brossa un tableau accablant des activités d'un certain Philip Lombard. À Majorque, une *memsahib* indignée me rapporta l'histoire de la puritaine Emily Brent et de sa malheureuse servante. Quant à Anthony Marston, je le sélectionnai parmi un vaste groupe d'individus ayant commis des délits du même ordre. Son égoïsme foncier et son incapacité à endosser la responsabilité des morts qu'il avait provoquées en faisaient, à mon sens, un individu dangereux pour autrui et inapte à la vie en société. Le cas de l'ex-inspecteur Blore se présenta à moi tout naturellement, un jour où des confrères magistrats discutaient en toute liberté et avec vigueur de l'affaire Landor. Son délit me parut singulièrement grave. En tant que serviteurs de la loi, les policiers sont tenus à une intégrité absolue. Car, en vertu de leur profession, leur parole ne saurait être mise en doute.

Enfin, j'entendis parler de Vera Claythorne au cours d'une traversée de l'Atlantique. Un soir, à une heure tardive, je me retrouvai seul au fumoir avec un bel homme du nom de Hugo Hamilton.

Hugo Hamilton était malheureux. Pour soulager sa peine, il avait bu une grande quantité d'alcool et en était arrivé au stade des confidences larmoyantes. Sans grand espoir de succès, j'engageai automatiquement la conversation sur le modèle que j'avais mis au point. Le résultat fut saisissant. Aujourd'hui encore, je me souviens de ses paroles :

— Vous avez raison, me dit-il. Un meurtre, ce n'est pas ce que la plupart des gens s'imaginent : faire avaler à quelqu'un une bonne dose d'arsenic… le pousser du haut d'une falaise… ce genre de truc.

Il se pencha vers moi, le visage tout près du mien :

— J'ai connu une meurtrière… *connu*, je dis bien. En plus de ça, j'étais fou d'elle… Bonté divine, je me demande parfois si je ne le suis pas encore… C'est l'enfer, croyez-moi… l'enfer ! Vous comprenez, elle a fait ça plus ou moins pour moi… Jamais je ne me serais douté… Les femmes sont démoniaques, absolument démoniaques… Comment imaginer qu'une fille comme elle… une fille droite, enjouée… comment imaginer qu'elle soit capable d'une chose pareille ? De laisser tranquillement un gosse se noyer dans la mer… comment imaginer qu'une *femme* puisse faire une chose pareille ?

— Êtes-vous sûr qu'elle l'ait fait ? lui demandai-je.

Soudain dégrisé, il répondit :

— Tout à fait sûr. À part moi, personne n'a rien soupçonné. Mais j'ai su la vérité à l'instant même où je l'ai regardée, quand je suis rentré – après… Et elle a compris que je savais. Ce qu'elle ignorait, c'est que j'aimais ce gosse…

Il ne m'en dit pas plus, mais il me fut relativement facile d'exhumer l'affaire et de la reconstituer.

Il me fallait une dixième victime. Je la trouvai en la personne d'un dénommé Morris, qui était une sale petite crapule. Entre autres choses, il fourguait de la came et c'était lui qui avait poussé la fille d'un de mes amis à se droguer. Elle s'était suicidée à l'âge de vingt et un ans.

Pendant que je menais toutes ces recherches, mon plan avait progressivement mûri. Il était maintenant au point, et le facteur décisif en fut une consultation que j'eus chez un médecin de Harley Street. J'ai indiqué plus haut que j'avais subi une opération. Cette consultation à Harley Street m'apprit qu'une seconde opération ne servirait à rien. Mon médecin eut beau présenter la nouvelle dans un bel emballage, je suis habitué à discerner la vérité d'un témoignage ou d'une déclaration.

Sans rien en dire au praticien, je décidai alors que je ne connaîtrais pas la mort lente et douloureuse que me réservait la nature. Non, ma mort surviendrait dans un feu d'artifice d'émotions fortes. Avant de mourir, je *vivrais* !

Venons-en maintenant à la mécanique criminelle proprement dite. L'achat de l'île du Soldat, avec Morris comme prête-nom, se révéla assez facile. Morris était expert en la matière. À partir des renseignements que j'avais recueillis sur mes victimes en puissance, je pus concocter un appât adapté à chacun. Mes plans se déroulèrent comme prévu. Le 8 août, tous mes invités arrivaient à l'île du Soldat. Je faisais moi-même partie du lot.

Le sort de Morris était déjà réglé. Il souffrait d'indigestion. Avant de quitter Londres, je lui avais donné un comprimé à prendre le soir avant de se coucher – remède qui, lui avais-je affirmé, s'était révélé miraculeusement efficace pour mes maux d'estomac. Il l'avait accepté sans hésiter – l'individu était passablement hypocondriaque. Il n'y avait aucun risque qu'il laisse derrière lui des notes ou des documents compromettants : ce n'était pas son genre.

L'ordre des décès sur l'île avait fait l'objet de toute mon attention. Je considérais que mes invités n'étaient pas tous coupables au même degré. J'avais décidé que les moins coupables partiraient en premier, qu'ils ne connaîtraient pas la peur, l'angoisse prolongée que subiraient les délinquants plus endurcis.

Anthony Marston et Mme Rogers sont morts les premiers, l'un instantanément, l'autre dans un sommeil paisible. Marston, selon moi, n'avait pas reçu à la naissance le sens des responsabilités que possèdent la plupart d'entre nous. Il était amoral… païen. Quant à Mme Rogers, il ne faisait aucun doute pour moi qu'elle avait largement agi sous l'influence de son mari.

Je n'ai pas besoin de décrire en détail les conditions dans lesquelles ces deux-là sont morts. La police l'aura certainement découvert sans difficulté. N'importe qui peut se procurer du cyanure de potassium pour éliminer les guêpes. J'en avais en ma possession et je n'ai eu aucun mal à en mettre dans le verre presque vide de Marston en profitant de l'agitation consécutive à l'épisode du gramophone.

J'ai observé de près le visage de mes invités, pendant la lecture de l'acte d'accusation, et je puis affirmer sans l'ombre d'un doute, compte tenu de ma longue expérience des tribunaux, qu'ils étaient coupables – tous sans exception.

Lors de récentes crises de douleur, le médecin m'avait prescrit du chloral comme somnifère. Il m'avait été facile d'en mettre de côté jusqu'à obtenir une dose mortelle. Lorsque Rogers a apporté le cognac à sa femme, il a posé le verre sur une table et j'y ai glissé le poison en passant. Ce ne fut pas compliqué car, à ce moment-là, la méfiance n'avait pas encore commencé à s'installer.

Le général Macarthur n'a pas eu le temps de souffrir. Il ne m'a pas entendu approcher par-derrière. Naturellement, il m'a fallu choisir avec grand soin le bon moment pour quitter la terrasse, mais tout s'est passé sans anicroche.

Comme je l'avais prévu, certains de mes compagnons ont fouillé l'île et découvert qu'il n'y avait personne en dehors de nous sept. Aussitôt, cela créa un climat de suspicion. D'après mon plan, j'allais bientôt avoir besoin d'un allié. J'ai choisi le Dr Armstrong pour ce rôle. C'était un individu crédule, qui me connaissait de vue et de réputation : à ses yeux, il était ncevable qu'un homme de mon rang puisse être un urtrier ! Ses soupçons se concentraient sur Lombard et j'ai fait semblant d'abonder dans son sens. Je lui ai laissé entendre que j'avais un plan susceptible d'amener l'assassin à se trahir.

On avait fouillé toutes nos chambres, mais aucune fouille corporelle n'avait encore été effectuée. Néanmoins, cela ne tarderait certainement pas.

J'ai tué Rogers le 10 août au matin. Il débitait du petit bois pour allumer le feu et ne m'a même pas entendu approcher. J'ai trouvé la clef de la salle à manger dans sa poche. Il avait fermé la porte à double tour la veille au soir.

Dans la confusion qui a suivi la découverte du corps de Rogers, je me suis glissé dans la chambre de Lombard pour lui subtiliser son revolver. Je savais qu'il en aurait apporté un : j'avais bien recommandé à Morris de le lui suggérer quand il s'entretiendrait avec lui.

Au petit déjeuner, j'ai versé ma dernière dose de chloral dans le café de Mlle Brent pendant que je la resservais. Elle est restée seule dans la salle à manger. Quand je suis revenu furtivement, un peu plus tard, elle était presque inconsciente et je n'ai eu aucun mal à lui injecter une solution concentrée de cyanure. Je reconnais que l'idée de l'abeille était assez puérile, mais elle m'a bien plu. J'avais envie d'être aussi fidèle que possible à ma comptine.

Aussitôt après cet épisode, ce que j'avais déjà pressenti est arrivé – je crois même que c'est moi qui en ai fait la suggestion : nous avons tous été soumis à une fouille en règle. J'avais caché le revolver dans un endroit sûr et je n'avais plus en ma possession ni cyanure ni chloral.

C'est à ce moment-là que j'ai proposé à Armstrong de mettre notre plan à exécution. Celui-ci était tout simple : *je* devais me faire passer pour la victime suivante. Cela rendrait peut-être le meurtrier nerveux... et, en tout cas, cela me permettrait – puisque j'étais censé être mort – de me déplacer à mon aise dans la maison pour espionner l'assassin inconnu.

Armstrong était emballé par l'idée. Nous sommes donc passés à l'action le soir même. Un peu de boue rougeâtre sur le front... le rideau rouge... l'écheveau de laine : la mise en scène était prête. À la lueur vacillante des bougies, l'éclairage était très incertain et Armstrong serait la seule personne à m'examiner de près.

Le stratagème fonctionna parfaitement. Mlle Claythorne hurla à en faire trembler la maison quand elle découvrit l'algue que j'avais eu la délicatesse de suspendre dans sa chambre. Ils se sont tous précipités à l'étage et j'ai pris ma posture d'homme assassiné.

L'effet produit sur eux, quand ils découvrirent mon « cadavre », combla mon attente. Armstrong joua son rôle en vrai professionnel. On me transporta en haut et on m'allongea sur mon lit. Et plus personne ne se soucia de moi : ils étaient tous trop épouvantés, trop terrifiés les uns par les autres.

J'avais donné rendez-vous à Armstrong derrière la maison, cette nuit-là, à 2 heures moins le quart. Je l'ai entraîné un peu à l'écart, au bord de la falaise, faisant valoir que, de là, nous pourrions voir si quelqu'un approchait et que, d'autre part, nous étions hors de vue de la maison puisque les chambres donnaient de l'autre côté. Il ne soupçonnait toujours rien… et pourtant, il aurait dû se méfier, si seulement il s'était souvenu des paroles de la comptine. « Poisson d'avril goba l'un… » En fait, c'est lui qui a gobé le poisson tout cru.

La suite fut un jeu d'enfant. J'ai poussé une exclamation et me suis penché au bord de la falaise en lui disant de regarder : n'était-ce pas l'entrée d'une grotte, là, plus bas ? Il s'est penché à son tour. Une vigoureuse poussée lui a fait perdre l'équilibre et l'a envoyé faire le grand plongeon dans la mer houleuse. Je suis alors rentré à la maison. Ce sont probablement mes pas que Blore a entendus dans le couloir. Quelques minutes après avoir regagné la chambre d'Armstrong, j'en suis ressorti en faisant suffisamment de bruit, cette fois, pour ne *pas* passer inaperçu. En arrivant en bas de l'escalier, j'ai entendu une porte s'ouvrir au premier. J'imagine qu'ils ont simplement entrevu ma silhouette lorsque je suis sorti par la porte de devant.

Au bout d'une minute ou deux, ils m'ont suivi. Moi, j'ai fait directement le tour de la maison et suis rentré par la fenêtre de la salle à manger, que j'avais laissée ouverte. Je l'ai refermée et j'ai brisé la vitre. Puis je suis remonté m'allonger sur mon lit.

J'avais prévu qu'ils fouilleraient de nouveau la maison, mais j'étais sûr qu'ils n'examineraient pas les cadavres de trop près, qu'ils se borneraient à soulever le drap pour s'assurer qu'Armstrong ne se faisait pas passer pour l'une des victimes. Et c'est exactement ce qui est arrivé.

J'ai omis de préciser que j'avais remis le revolver à sa place dans la chambre de Lombard. Peut-être cela intéressera-t-il quelqu'un de savoir où je l'avais caché pendant la perquisition ? Il y avait dans le garde-manger une grande pile de boîtes de conserve. J'avais ouvert celle du dessous – une boîte de biscuits, je crois – et j'y avais enfoui le revolver, en remettant ensuite la bande de ruban adhésif.

Je pensais bien que personne ne songerait à inspecter une pile de boîtes de conserve apparemment intactes, d'autant que toutes celles du dessus étaient soudées.

Le rideau rouge, je l'avais dissimulé sous la tapisserie en chintz d'un des sièges du salon, bien à plat, après avoir découpé un petit trou dans le coussin.

Arrivait maintenant le moment tant attendu : trois personnes qui avaient si peur les unes des autres que n'importe quoi pouvait survenir… *et l'une d'elles avait un revolver.* Je les observais par les fenêtres de la maison. Lorsque Blore est arrivé, seul, la grosse pendule de marbre était déjà en position. *Exit Blore…*

De ma fenêtre, j'ai vu Vera Claythorne tirer sur Lombard. Une jeune femme audacieuse, pleine de ressources… J'avais toujours pensé qu'elle serait largement de taille à rivaliser avec lui. Sans perdre une seconde, je suis allé planter le décor dans sa chambre.

C'était une expérience intéressante sur le plan psychologique. Son sentiment de culpabilité, la tension nerveuse consécutive au fait qu'elle venait de tuer un homme, associés à la suggestion presque hypnotique du décor, suffiraient-ils à la pousser au suicide ? Je le pensais. Et j'avais raison. Vera Claythorne s'est pendue devant moi, qui m'étais caché dans l'ombre de la penderie.

Restait la dernière étape. J'ai ramassé la chaise et l'ai placée contre le mur. Je me suis mis en quête du revolver, que j'ai trouvé en haut de l'escalier, là où il lui était tombé des mains. J'ai pris bien soin de ne pas brouiller les empreintes qu'elle y avait laissées.

Et maintenant ?

Je vais terminer d'écrire ma confession. Je la mettrai dans une bouteille scellée et je jetterai la bouteille à la mer.

Pourquoi ?

Oui, pourquoi ?

J'avais pour ambition d'*inventer* une énigme criminelle que personne ne pourrait résoudre.

Mais aucun artiste, je le constate aujourd'hui, ne saurait se satisfaire de l'art en soi. On ne peut nier chez lui le besoin légitime d'être reconnu.

J'éprouve le désir pitoyablement humain – je l'avoue en toute humilité – de faire savoir aux autres à quel point j'ai été ingénieux…

Depuis le début, je suis parti du principe que le mystère de l'île du Soldat resterait insoluble. Mais il se peut, bien entendu, que la police se montre plus astucieuse que je ne le pense. Après tout, elle dispose de trois indices. Primo, elle sait parfaitement qu'Edward Seton était coupable. Par conséquent, elle sait que l'un des dix occupants de l'île n'était en aucune manière un assassin ; paradoxalement, il s'ensuit que c'est celui-là – en toute logique – qui doit être *le* meurtrier. Le second indice se trouve dans le septième couplet de la comptine. La mort d'Armstrong est associée à un «poisson d'avril» qui l'a gobé – ou, plus exactement, qu'il a gobé, lui ! Autrement dit, à ce stade de l'affaire, il est clairement indiqué qu'il y a mystification... et qu'Armstrong a trouvé la mort en s'y laissant prendre. Voilà qui pourrait orienter l'enquête dans une direction prometteuse. Car il ne restait plus à ce moment-là que quatre personnes sur l'île et, de ces quatre personnes, j'étais à l'évidence la seule susceptible d'inspirer confiance au médecin.

Le troisième indice est d'ordre symbolique : la marque que la mort aura laissée sur mon front. Le signe de Caïn.

Il ne me reste plus grand-chose à ajouter.

Après avoir confié à la mer ma bouteille et son message, je monterai dans ma chambre et m'allongerai sur le lit. À mon lorgnon est fixé ce qui ressemble à un long cordon noir – en réalité, il s'agit d'un élastique. De tout mon poids, je pèserai sur le lorgnon. Quant au cordon, je le passerai autour de la poignée de la porte et, à son extrémité, j'attacherai – pas trop solidement – le revolver. Selon moi, voici ce qui se passera.

Ma main, protégée par un mouchoir, appuiera sur la détente puis retombera à mon côté. Le revolver, tiré par l'élastique, ira heurter la poignée de la porte ; sous le choc, il se détachera du cordon et tombera sur le seuil. L'élastique coulissera autour de la poignée et, libéré, reviendra alors pendre innocemment au lorgnon sur lequel mon corps repose. La présence d'un mouchoir sur le parquet, à portée de ma main, ne devrait pas susciter de commentaire.

On me retrouvera allongé sur mon lit, tué d'une balle dans le front, conformément aux notes laissées par mes compagnons d'infortune. D'ici que l'on procède à l'autopsie de nos cadavres, il sera impossible de déterminer avec exactitude l'heure de notre mort.

Quand la mer se calmera, des hommes viendront de la côte avec leurs bateaux.

Dix cadavres et un problème insoluble, voilà ce qu'ils trouveront sur l'île du Soldat.

Signé :

Lawrence Wargrave

Contenus pédagogiques disponibles
à l'intention des enseignants
sur livredepoche.com

PAPIER À BASE DE FIBRES CERTIFIÉES

Le Livre de Poche s'engage pour l'environnement en réduisant l'empreinte carbone de ses livres. Celle de cet exemplaire est de :
200 g éq. CO_2
Rendez-vous sur www.livredepoche-durable.fr

Composition réalisée par Soft Office

Achevé d'imprimer en France par
CPI BRODARD & TAUPIN (72200 La Flèche)
en avril 2023
N° d'impression : 3052884
Dépôt légal 1re publication : septembre 2020
Édition 07 - avril 2023
LIBRAIRIE GÉNÉRALE FRANÇAISE
21, rue du Montparnasse – 75298 Paris Cedex 06

59/7318/9